A Mão e a Luva

MACHADO DE ASSIS

A Mão e a Luva

Lafonte

Título – A Mão e a Luva
Copyright da atualização © Editora Lafonte Ltda. 2018

ISBN 978-85-8186-338-2

Todos os direitos reservados.
Nenhuma parte deste livro pode ser reproduzida por quaisquer meios existentes sem autorização por escrito dos editores e detentores dos direitos.

Direção Editorial Ethel Santaella
Atualização do texto Rita Del Monaco
Textos da capa Dida Bessana
Diagramação Demetrios Cardozo
Imagem de capa Roman Nogin / Shutterstock

Dados Internacionais de Catalogação na Publicação (CIP)
(Câmara Brasileira do Livro, SP, Brasil)

```
Assis, Machado de, 1839-1908.
  A mão e a luva / Machado de Assis. -- São Paulo :
Lafonte, 2019.

  ISBN 978-85-8186-338-2

  1. Romance brasileiro I. Título.

19-23559                                      CDD-B869
```

Índices para catálogo sistemático:

1. Romances : Literatura brasileira   B869

Maria Alice Ferreira - Bibliotecária - CRB-8/7964

Editora Lafonte

Av. Profª Ida Kolb, 551, Casa Verde, CEP 02518-000, São Paulo-SP, Brasil
Tel.: (+55) 11 3855-2100, CEP 02518-000, São Paulo-SP, Brasil
Atendimento ao leitor (+55) 11 3855-2216 / 11 – 3855-2213 – *atendimento@editoralafonte.com.br*
Venda de livros avulsos (+55) 11 3855-2216 – *vendas@editoralafonte.com.br*
Venda de livros no atacado (+55) 11 3855-2275 – *atacado@escala.com.br*

ÍNDICE

ADVERTÊNCIA 7

O FIM DA CARTA 9

UM ROUPÃO 15

AO PÉ DA CERCA 21

LATET ANGUIS 27

MENINICE 33

O POST-SCRIPTUM 37

UM RIVAL 43

GOLPE 49

CONSPIRAÇÃO 55

A REVELAÇÃO 61

LUIZ ALVES 71

A VIAGEM 77

EXPLICAÇÕES 83

EX-ABRUPTO 89

EMBARGOS DE TERCEIRO 95

A CONFISSÃO 101

A CARTA 107

A ESCOLA 113

CONCLUSÃO 119

ADVERTÊNCIA

Esta novela, sujeita às urgências da publicação diária, saiu das mãos do autor capítulo a capítulo, sendo natural que a narração e o estilo padecessem com esse método de composição, um pouco fora dos hábitos do autor. Se a escrevera em outras condições, daria-lhe desenvolvimento maior e algum colorido mais aos caracteres, que aí ficam esboçados. Convém dizer que o desenho de tais caracteres – o de Guiomar, sobretudo – foi o meu objeto principal, senão exclusivo, servindo-me a ação apenas de tela em que lancei os contornos dos perfis. Incompletos embora, terão eles saído naturais e verdadeiros?

Mas talvez estou eu a dar proporções muito graves a uma coisa de tão pequeno domo. O que aí vão são umas poucas páginas que o leitor esgotará de um trago, se elas lhe aguçarem a curiosidade, ou se lhe sobrar alguma hora que absolutamente não possa empregar em outra coisa – mais bela ou mais útil.

M. A.

Novembro de 1874.

CAPÍTULO I

O FIM DA CARTA

– Mas que pretendes fazer agora?
– Morrer.
– Morrer? Que ideia! Deixa-te disso, Estêvão. Não se morre por tão pouco...
Morre-se. Quem não padece estas dores não as pode avaliar. O golpe foi profundo, e o meu coração é pusilânime; por mais aborrecível que pareça a ideia da morte, pior, muito pior do que ela, é a de viver. Ah! tu não sabes o que isto é?
– Sei: um namoro gorado...
– Luiz!
– ... E se em cada caso de namoro gorado morresse um homem, tinha já diminuído muito o gênero humano, e Malthus perderia o latim. Anda, sobe.
Estêvão meteu a mão nos cabelos com um gesto de angústia; Luiz Alves sacudiu a cabeça e sorriu. Achavam-se os dois no corredor da casa de Luiz Alves, à rua da Constituição – que então se chamava dos Ciganos –; então, isto é, em 1853, uma bagatela de vinte anos que lá vão, levando talvez consigo as ilusões do leitor, e deixando-lhe em troca (usurários!) uma triste, crua e desconsolada experiência.
Eram nove horas da noite; Luiz Alves recolhia-se para casa, justamente na ocasião em que Estêvão o ia procurar; encontraram-se à porta. Ali mesmo lhe confiou Estêvão tudo o que havia, e que o leitor saberá daqui a pouco, caso não aborreça estas histórias de amor, velhas como Adão e eternas como o céu. Os dois amigos demoraram-se ainda algum tempo no corredor, um a insistir com o outro para que subisse, o outro a teimar que queria ir morrer, tão tenazes ambos, que não haveria meio de os vencer, se a Luiz não ocorresse uma transação.
– Pois sim, disse ele, convenho em que deves morrer, mas há de ser

amanhã. Cede da tua parte e vem passar a noite comigo. Nestas últimas horas que tens de viver na Terra dar-me-ás uma lição de amor, que eu te pagarei com outra de filosofia.

Dizendo isto, Luiz Alves travou do braço de Estêvão, que não resistiu dessa vez, ou porque a ideia da morte não se lhe houvesse entranhado deveras no cérebro, ou porque cedesse ao doloroso gosto de falar da mulher amada, ou, o que é mais provável, por esses dois motivos juntos. Vamos nós com eles, escada acima, até a sala de visitas, onde Luiz foi beijar a mão de sua mãe.

– Mamãe, disse ele, há de fazer-me o favor de mandar o chá ao meu quarto; o Estêvão passa a noite comigo.

Estêvão murmurou algumas palavras, a que tentou dar um ar de gracejo, mas que eram fúnebres como um cipreste. Luiz viu-lhe então, à luz das estearinas, alguma vermelhidão nos olhos, e adivinhou, – não era difícil – que houvesse chorado. Pobre rapaz! suspirou ele mentalmente. Dali foram os dois para o quarto, que era uma vasta sala, com três camas, cadeiras de todos os feitios, duas estantes com livros e uma secretária – vindo a ser ao mesmo tempo, alcova e gabinete de estudo.

O chá subiu daí a pouco. Estêvão, a muito rogo do hóspede, bebeu dois goles; acendeu um cigarro e entrou a passear ao longo do aposento, enquanto Luiz Alves, preferindo um charuto e um sofá, acendeu o primeiro e estirou-se no segundo, cruzando beatificamente as mãos sobre o ventre e contemplando o bico das chinelas, com aquela placidez de um homem a quem se não gorou nenhum namoro. O silêncio não era completo; ouvia-se o rodar de carros que passavam fora; no aposento, porém, o único rumor era dos botins de Estêvão na palhinha do chão.

Cursavam estes dois moços a academia de S. Paulo, estando Luiz Alves no quarto ano e Estêvão no terceiro. Conheceram-se na academia, e ficaram amigos íntimos, tanto quanto podiam sê-lo dois espíritos diferentes, ou talvez por isso mesmo que o eram. Estêvão, dotado de extrema sensibilidade, e não menor fraqueza de ânimo, afetuoso e bom, não daquela bondade varonil, que é apanágio de uma alma forte, mas dessa outra bondade mole e de cera, que vai à mercê de todas as circunstâncias, tinha, além de tudo isso, o infortúnio de trazer ainda sobre o nariz os óculos cor-de-rosa de suas virginais ilusões. Luiz Alves via bem com os olhos da cara. Não era mau rapaz, mas tinha o seu grão de egoísmo, e se não era incapaz de afeições, sabia regê-las, moderá-las, e sobretudo guiá

-las ao seu próprio interesse. Entre estes dois homens travara-se amizade íntima, nascida para um na simpatia, para outro no costume. Eram eles os naturais confidentes um do outro, com a diferença que Luiz Alves dava menos do que recebia e, ainda assim, nem tudo o que dava exprimia grande confiança.

Estêvão referira ao amigo, desde tempos, toda a história do amor, agora malogrado, suas esperanças, desalentos e glórias, e, enfim, o inesperado desfecho. O pobre rapaz, que folheava o capítulo mais delicioso do romance – no sentir dele – caiu de toda a altura das ilusões na mais dura, prosaica e miserável realidade.

A namorada de Estêvão – é tempo de dizer alguma coisa dela – era uma moça de 17 anos, e, por ora, simples aluna-professora no colégio de uma tia do nosso estudante, à rua dos Inválidos. Estêvão tinha-a visto, pela primeira vez, seis meses antes, e desde logo sentiu-se preso por ela, "até à morte", disse ele ao amigo, referindo-lhe o encontro, o que o fez sorrir de tão estirado prazo. Qualquer que ele fosse, porém, o prazo fatal daquele cativeiro, a verdade é que Estêvão no mesmo ponto em que a viu logo a amou, como se ama pela primeira vez na vida – amor um pouco estouvado e cego, mas sincero e puro. Amava-o ela? Estêvão dizia que sim, e devia crê-lo; alguns olhares ternos, meia dúzia de apertos de mão significativos, embora a largos intervalos, davam a entender que o coração de Guiomar – chamava-se Guiomar – não era surdo à paixão do acadêmico. Mas, fora disso, nada mais, ou pouco mais.

O pouco mais foi uma flor, não colhida do pé em toda a original frescura, mas já murcha e sem cheiro, e não dada, senão pedida.

– Faz-me um favor? disse um dia Estêvão, apontando para a flor que ela trazia nos cabelos; esta flor está murcha e, naturalmente, vai deitá-la fora ao despentear-se; eu desejava que me desse.

Guiomar, sorrindo, tirou a flor do cabelo, e deu-lhe; Estêvão recebeu-a com igual contentamento ao que teria se lhe antecipassem o seu quinhão do céu. Além da flor, e para suprir as cartas, que não havia, nada mais obtivera Estêvão durante aqueles seis compridos meses, a não serem os tais olhares, que afinal são olhares, e vão-se com os olhos donde vieram. Era aquilo amor, capricho, passatempo ou que outra coisa era?

Naquela tarde, a tarde fatal, estando ambos a sós, o que era raro e difícil, disse-lhe ele que em breve ia voltar para S. Paulo, levando consigo a imagem dela, e pedindo-lhe em câmbio, que uma vez ao menos lhe escrevesse. Guiomar franziu a testa e fitou nele o seu magnífico par de olhos castanhos, com tanta irritação e dignidade, que o pobre rapaz ficou atônito e perplexo. Imagina-se a angústia dele diante do silêncio que reinou entre ambos por alguns segundos; o que se não imagina é a dor que o prostrou, – a dor e o espanto, – quando ela, erguendo-se da cadeira em que estava, lhe respondeu, saindo:

– Esqueça-se disso.

– Pois quanto a mim, - disse Luiz Alves ouvindo pela terceira vez a esquecia-me disso e ia curar-me em cima dos compêndios; Direito Romano e Filosofia, não conheço remédio melhor para tais achaques.

Estêvão não ouvia as palavras do amigo; estava então assentado na cama, com os cotovelos fincados nas pernas e a cabeça metida nas mãos, parecendo que chorava. A princípio chorou em silêncio; mas não tardou que Luiz Alves o visse deitar-se na cama, estorcer-se convulsivamente, a soluçar, a abafar quanto podia os gritos que lhe saíam do peito, a puxar os cabelos, a pedir a morte, tudo entremeado com o nome de Guiomar, tão d'alma tudo aquilo, tão lastimosamente natural, que enfim o comoveu, e não houve remédio senão dizer-lhe algumas palavras de conforto. A consolação veio a tempo; a dor, chegada ao paroxismo, declinou pouco a pouco, e as lágrimas estancaram, ao menos por algum tempo.

– Sei que tudo isto há de parecer-te ridículo, disse Estêvão sentando-se na cama; mas que queres tu? Eu vivia na persuasão de que era amado, e era-o talvez. Por isso mesmo não entendo o que se passou hoje. Ou o que eu supunha ser amor, não passava talvez de passatempo ou zombaria...

– Talvez, talvez, interrompeu Luiz Alves, compreendendo que o melhor meio de o curar do amor era meter-lhe em brios o amor-próprio.

Estêvão ficou alguns instantes pensativo.

– Não, não é possível, contestou ele. Tu não a conheces. É uma grave e nobre criatura, incapaz de conceber um sentimento desses, que seria vulgar ou cruel.

– As mulheres...

– Já pensei se aquilo de hoje não seria uma maneira de experimentar-me, de ver até que ponto eu lhe queria... Escusas de rir-te, Luiz; eu nada afirmo; digo que pode ser. Não admira que ela fizesse esse cálculo, – um bom cálculo, nesse caso, todo filho do coração...

A imaginação de Estêvão desceu por este declívio de floridas conjecturas, e Luiz Alves entendeu que era de bom aviso não espantar-lhe os cavalos. Ela foi, foi, foi por ali abaixo, rédea frouxa e riso nos lábios. Boa viagem! exclamou mentalmente o colega voltando a estirar-se no sofá. A viagem não foi longa, mas produziu efeito salutar no ânimo do namorado, adoçando-lhe as penas, circunstância que Luiz Alves aproveitou para lhe falar de cem coisas alheias ao coração e diverti-lo do pensamento que o absorvia. Conseguiu o seu intento durante meia hora, e conseguiu mais, porque fez com que o colega risse, a princípio de um riso amargo e dúbio, depois de um riso jovial e franco, incompatível com intuitos trágicos. Mas, aí triste! – a dor dele era uma espécie de tosse moral, que aplacava e reaparecia, intensa às vezes, às vezes mais fraca, mas sempre infalível. O rapaz acertara de abrir uma página de *Werther*; leu meia dúzia de linhas, e o acesso voltou mais forte que nunca.

Luiz Alves acudiu-lhe com as pastilhas da consolação; o acesso passou; nova palestra, novo riso, novo desespero, e assim se foram escoando as horas da noite, que o relógio da sala de jantar batia seca e regularmente, como a lembrar aos dois amigos que as nossas paixões não aceleram nem moderam o passo do tempo.

A aurora para os dois acadêmicos coincidiu com as badaladas do meio-dia, o que não admira, pois só adormeceram quando ela começava a apagar as estrelas. Estêvão passou a noite – a manhã, quero dizer – muito sossegada e livre de sonhos maus. Quando abriu os olhos estranhou o aposento e os objetos que o rodeavam. Logo que os reconheceu, despertou-se-lhe, com a memória, o coração, onde já não havia aquela dor aguda da véspera. Os sucessos, embora recentes, começavam a envolver-se na sombra crepuscular do passado.

A natureza tem suas leis imperiosas; e o homem, ser complexo, vive não só do que ama, mas também (força é dizê-lo) do que come. Sirva isto de escusa ao nosso estudante, que almoçou nesse dia, como nos anteriores, bastando dizer em seu abono que, se o não fez com lágrimas, também o não fez alegre. Mas o certo é que a tempestade serenara; o que havia era uma ressaca, ainda forte, mas que diminuiria com o tempo. Luiz Alves evitou falar-lhe de Guiomar; Estêvão foi o primeiro a recordar-se dela.

– Dá tempo ao tempo, respondeu Luiz Alves, e ainda te hás de rir dos teus planos de ontem. Sobretudo, agradece ao destino o haveres escapado tão depressa. E queres um conselho?

– Dize.

– O amor é uma carta, mais ou menos longa, escrita em papel velino, corte dourado, muito cheiroso e catita; carta de parabéns quando se lê, carta de pêsames quando se acabou de ler. Tu que chegaste ao fim, põe a epístola no fundo da gaveta, e não te lembres de ir ver se ela tem um "*post-scriptum*"...

Estêvão aplaudiu a metáfora com um sorriso de bom agouro.

Duas vezes viu ele a formosa Guiomar, antes de seguir para S. Paulo. Da primeira sentiu- se ainda abalado, porque a ferida não cicatrizara de todo; da segunda, pôde encará-la sem perturbação. Era melhor – mais romântico pelo menos, que eu o pusesse a caminho da academia, com o desespero no coração, lavado em lágrimas, ou a bebê-las em silêncio, como lhe pedia a sua dignidade de homem. Mas que lhe hei de eu fazer? Ele foi daqui com os olhos enxutos, distraindo-se dos tédios da viagem com alguma pilhéria de rapaz – rapaz outra vez, como dantes.

CAPÍTULO II

UM ROUPÃO

Um mês depois de chegar Estêvão a S. Paulo, achava-se a sua paixão definitivamente morta e enterrada, cantando ele mesmo um responso, a vozes alternadas, com duas ou três moças da capital – todas elas, por passatempo. Claro é que dois anos depois, quando tomou o grau de bacharel, nenhuma ideia lhe restava do namoro da rua dos Inválidos. Demais, a bela Guiomar desde muito tempo deixara o colégio e fora morar com a madrinha. Já ele não a vira da primeira vez que veio à corte. Agora voltava graduado em ciências jurídicas e sociais, como fica dito, mais desejoso de devassar o futuro que de reler o passado.

A corte divertia-se, como sempre se divertiu, mais ou menos, e para os que transpuseram a linha dos cinquenta divertia-se mais do que hoje, eterno reparo dos que já não dão à vida toda a flor dos seus primeiros anos. Para os varões maduros, nunca a mocidade folga como no tempo deles, o que é natural dizer, porque cada homem vê as coisas com os olhos da sua idade. Os recreios da juventude não são decerto igualmente nobres, nem igualmente frívolos, em todos os tempos; mas a culpa ou o merecimento não é dela, – a pobre juventude, – é sim do tempo que lhe cai em sorte.

A corte divertia-se, apesar dos recentes estragos da cólera; bailava-se, cantava-se, ia-se ao teatro. O Cassino abria os seus salões, como os abria o Clube, como os abria o Congresso, todos três fluminenses no nome e na alma. Eram os tempos homéricos do teatro lírico, a quadra memorável daquelas lutas e rivalidades renovadas em cada semestre, talvez por um excesso de ardor e entusiasmo, que o tempo diminuiu, ou transferiu – Deus lhe perdoe, – a coisas de menor tomo. Quem se não lembra – ou quem não ouviu falar das batalhas feridas naquela clássica plateia do Campo da Aclamação, entre a legião casalônica e a falange chartônica, mas sobretudo entre esta e o regimento lagruísta? Eram batalhas campais, com tropas frescas – e maduras também, apercebidas de flores, de versos, de coroas, e até de estalinhos. Uma noite a ação travou-se entre o campo lagruísta e o campo chartonista, com tal violência, que parecia uma página da *Ilíada*. Desta vez, a Vênus da situação saiu ferida do combate; um estalo rebentara no rosto da Charton. O furor, o delírio, a confusão foram indescritíveis; o aplauso e a pateada deram-se as mãos – e os pés. A peleja passou aos jornais. "Vergonha eterna (dizia um) aos cavalheiros que cuspiram na face de uma dama!" - "Se for mister (replicava outro), daremos os nomes dos aristarcos que no saguão do teatro juraram desfeitear *Mlle*. Lagrua." – "Patuleia desenfreada!" – "Fidalguice balofa!

Os que escaparam daquelas guerras de alecrim e manjerona hão de sentir hoje, após dezoito anos, que despenderam excessivo entusiasmo em coisas que pediam repouso de espírito e lição de gosto.

Estêvão é uma das relíquias daquela Troia, e foi um dos mais fervorosos lagruístas, antes e depois do grau. A causa principal das suas preferências, era decerto o talento da cantora; mas a que ele costumava dar, nas horas de bom humor, que eram todas as vinte e quatro do dia, tirantes as do sono, essa causa que mais que tudo o ligava aos "arraiais do bom gosto" dizia ele, – imaginem lá – era o buço de *Mlle*. Lagrua. Talvez não fosse ele o único amador do buço; mas outro mais férvido duvido que houvesse nesta boa cidade. Um chartonista maquiavélico, aliás escritor elegante, elevava o tal buço à categoria de bigode, compreendendo sagazmente que, se o buço era graça, o bigode era excrescência; e ele nem ao lábio da Lagrua queria perdoar.

– Oh! aquele buço! exclamava Estêvão nos intervalos de uma ópera, aquele delicioso buço há de ser a perdição da gente de bem! Quem me dera ir encaracolado por ali acima, até ficar mais próximo do céu, quero dizer dos seus olhos, e ser visto por ela, que me não descobre na turba inumerável dos seus adoradores! Querem saber uma coisa? Ali é que ela há de ter a alma, e eu quisera entreter-me com a alma dela, e dizer-lhe muita coisinha que tenho cá dentro à espera de um buço que as queira ouvir.

Estêvão era mais ou menos o mesmo homem de dois anos antes. Vinha cheirando ainda aos cueiros da Academia, meio estudante e meio doutor, aliando em si, como em idade de transição, o estouvamento de um com a dignidade do outro. As mesmas quimeras tinha, e a mesma simpleza de coração; só não as mostrara nos versos que imprimiu em jornais acadêmicos, os quais eram todos repassados do mais puro byronismo, moda muito do tempo. Neles confessava o rapaz à cidade e ao mundo a profunda incredulidade do seu espírito, e o seu fastio puramente literário. A colação de grau interrompeu, ou talvez acabou, aquela vocação poética; o último suspiro desse gênero que lhe saiu do peito foram umas sextilhas à sua *juventude perdida*. Felizmente, que só a perdeu em verso; na prosa e na realidade era rapaz como poucos.

Posto fizesse boa figura na Academia, mais prezava do que amava a ciência do Direito. Suas preferências intelectuais dividiam-se, ou antes abrangiam a Política e a Literatura, e ainda assim, a Política só lhe acenava com o que podia haver de literário nela. Tinha leitura de uma e outra coisa, mas leitura veloz e à flor das páginas. Estêvão não compreenderia nunca este axioma de lorde Macaulay – que mais aproveita digerir uma lauda que devorar um volume. Não digeria nada; e daí vinha o seu nenhum apego às ciências que estudara. Venceu a repugnância por amor-próprio; mas, uma vez dobrado o Cabo das Tormentas disciplinares, deixou a outros o cuidado de aproar à Índia.

Suas aspirações políticas deviam naturalmente morrer em gérmen, não só porque lhe minguava o apoio necessário para as arvorecer e frutificar, mas ainda porque ele não tinha em si a força indispensável a todo o homem que põe a mira acima do estado em que nasceu. Eram aspirações vagas, intermitentes, vaporosas, umas visões legislativas e ministeriais, que tão depressa lhe namoravam a imaginação, como logo se esvaeciam, ao resvalar dos primeiros olhos bonitos, que esses, sim, amava-os ele deveras. Opiniões não as tinha; alguns escritos que publicara durante a quadra acadêmica eram um complexo de doutrinas de toda casta, que lhe flutuavam no espírito, sem se fixarem nunca, indo e vindo, alçando-se ou descendo, conforme a recente leitura ou a atual disposição de espírito.

Por agora militava nas fileiras do lagruísmo, com ardor, dedicação e fidelidade de bom apóstolo. Não era abastado para pagar o luxo de uma opinião lírica; nascera pobre e não tinha parente em boa posição. Alguns poucos recursos possuía, provenientes do seu ofício de advogado, que exercia com o amigo Luiz Alves.

Uma noite assistira à representação de *Otelo*, palmeando até romper as luvas, aclamando até cansar-lhe a voz, mas acabando a noite satisfeito dos seus e de si. Terminado o espetáculo, foi ele, segundo costumava, assistir à saída das senhoras, uma procissão de rendas, e sedas, e leques, e véus, e diamantes, e olhos de todas as cores e linguagens. Estêvão era pontual nessas ocasiões de espera, e raro deixava de ser o último que saía. Tinha agora os olhos pregados em outros olhos, não pardos como os dele, mas azuis, de um azul-ferrete, infelizmente uns olhos casados, quando sentiu alguém bater-lhe no ombro, e dizer-lhe baixinho estas palavras:

– Larga o pinto, que é das almas. Estêvão voltou-se.

– Ah! és tu! disse ele vendo Luiz Alves. Quando chegaste?

– Hoje mesmo, respondeu o colega; venho sequioso de música. Vassouras não tem Lagrua nem *Otelo*...

– Vieste lavar a alma da poeira do caminho, disse Estêvão que, ainda falando em prosa, cultivava as suas metáforas poéticas. Fizeste bem; não te perdoaria se preferisses a outra, a lambisgoia, que aqui nos querem impingir por grande coisa, e que não chega aos calcanhares do buço...

Interrompeu-se. Luiz Alves acabava de cumprimentar cerimoniosamente alguém que passava; Estêvão volveu a cabeça para ver quem era. Era uma moça, que ele não chegou a ver, porque já descia as escadas; mas tão elegante e gentil que os olhos lhe fuzilaram de admiração.

– Algum namoro? perguntou ao amigo.

– Não; uma vizinha.

A desfilada acabou; saíram os dois e foram dali cear a um hotel, seguindo depois para Botafogo, onde morava Luiz Alves, desde que perdera a mãe, alguns meses antes.

A casa de Luiz Alves ficava quase no fim da Praia de Botafogo, tendo ao lado direito outra casa, muito maior e de aparência rica. A noite estava bela, como as mais belas noites daquele arrabalde. Havia luar, céu límpido, infinidade de estrelas e a vaga a bater molemente na praia, todo o material, em suma, de uma boa composição poética, em vinte estrofes pelo menos, obrigada a rima rica, com alguns esdrúxulos rebuscados nos dicionários. Estêvão poetou, mas poetou em prosa, com um entusiasmo legítimo e sincero. Luiz Alves, menos propenso às coisas belas, preferia a mais útil de todas naquela ocasião, que era ir dormir. Não o conseguiu sem ouvir ao hóspede tudo quanto ele pensava acerca daquele "pinto, que era das almas", aqueles olhos azuis, "profundos como o céu", exclamava Estêvão.

Afinal dormiram ambos; mas, ou fosse porque os tais olhos o perseguissem, ainda em sonhos, ou porque estranhasse a cama, ou porque o destino assim o resolvera, a verdade é que Estêvão dormiu pouco, e, coisa rara, acordou logo depois de aparecer a arraiada.

A manhã estava fresca e serena; era tudo silêncio, mal quebrado pelo bater do mar e pelo chilrear dos passarinhos nas chácaras da vizinhança. Estêvão, amuado por não poder conciliar o sono, resolvera-se a ir ver a manhã, de mais perto. Ergueu-se de manso, lavou-se, vestiu-se, e pediu que lhe levassem café ao jardim, para onde foi sobraçando um livro que acaso topou ao pé da cama.

O jardim ficava nos fundos da casa; era separado da chácara vizinha por uma cerca. Relanceando os olhos pela chácara, viu Estêvão que era plantada com esmero e arte, assaz vasta, recortada por muitas ruas curvas e duas grandes ruas retas. Uma destas começava das escadas de pedra da casa e ia até o fim da chácara; a outra ia da cerca de Luiz Alves até à extremidade oposta, cortando a primeira no centro. Do lugar em que ficava Estêvão só a segunda rua podia ser vista de ponta a ponta.

Sentou-se o bacharel em um banco que ali achou, recebeu a xícara de café, que o escravo lhe trouxe daí a pouco, acendeu um charuto e abriu o livro. O livro era uma *Prática Forense*. Demos-lhe razão ao despeito como que o fechou e atirou ao chão, contentando-se com o canto dos pássaros e o cheiro das flores, e a sua imaginação também, que valia as flores e os pássaros.

Deus sabe até onde iria ela, com as asas fáceis que tinha, se um incidente lhes não colhera e fizera descer à terra. Da casa vizinha saíra um roupão – ele não viu mais que um roupão – e seguira pela rua que enfrentava com a casa, a passo lento e meditativo. Estêvão, que adorava todos os roupões, fossem ou não meditativos, deu as graças à Providência, pela boa fortuna que lhe deparava, e afiou os olhos para contemplar aquela graciosa madrugadora. Graciosa, ainda ele não sabia se o era; mas assentou que devia de ser, justamente porque desejava que o fosse.

A deliciosa paisagem ia ter enfim uma alma; o elemento humano vinha coroar a natureza.

Ergueu-se Estêvão, de toda a sua estatura elevada e gentil, para ver melhor – e ser visto, digamos a verdade toda, – aquela desconhecida vizinha, que devia ser por força a que Luiz Alves cumprimentara no teatro. Acteon cristão e modesto, não surpreendia Diana no banho, mas ao sair dele; todavia, não palpitava menos de comoção e curiosidade.

O roupão ia andando.

CAPÍTULO III

AO PÉ DA CERCA

A primeira coisa que Estêvão pôde descobrir é que a vizinha era moça. Via-lhe o perfil, em cada aberta que deixavam as árvores, um perfil correto e puro, como de escultura antiga. Via-lhe a face cor de leite, sobre a qual se destacava a cor escura dos cabelos, não penteados de vez, mas frouxamente atados no alto da cabeça, com aquele desleixo matinal que faz mais belas as mulheres belas. O roupão – de musselina branca, finamente bordado – não deixava ver toda a graça do talhe, que devia ser e era elegante, dessa elegância que nasce com a criatura ou se apura com a educação, sem nada pedir, ou pedindo pouco à tesoura da costureira. Todo o colo ia coberto até o pescoço, onde o roupão era preso por um pequeno broche de safira. Um botão, do mesmo mineral, fechava em cada pulso as mangas estreitas e lisas, que rematavam em folhos de renda.

Estêvão, da distância e na posição em que se achava, não podia ver todas estas minúcias que aqui lhes aponto, em desempenho deste meu dever de contador de histórias. O que ele viu, além do perfil, dos cabelos e da tez branca, foi a estatura da moça, que era alta, talvez um pouco menos do que parecia com o vestido roçagante que levava. Pôde ver-lhe também um livrinho, aberto nas mãos, sobre o qual pousava os olhos, levantando-os de espaço a espaço, quando lhe era mister voltar a folha, e deixando-os cair outra vez para embeber-se na leitura.

Ia assim andando, sem cuidar que a visse alguém, tão serena e grave, como se atravessara um salão. Estêvão, que não tirava os olhos dela, mentalmente pedia ao céu a fortuna de a ter mais próxima, e ansiava por vê-la chegar à rua que lhe ficava diante. Contudo, era difícil que lhe parecesse mais formosa do que era, vista assim de perfil, a escapar por entre as árvores. O jovem bacharel, por não perder o sestro dos primeiros tempos, avocava todas as suas reminiscências literárias; a desconhecida foi sucessivamente comparada a um serafim de Klopstock, a uma fada de

Shakespeare, a tudo quanto na memória dele havia mais aéreo, transparente, ideal.

Enquanto ele trabalhava o espírito nestas comparações poéticas, não descabidas, se quiserem, em tal lugar, e ao pé de tão graciosa criatura, ela seguia lentamente e chegara à encruzilhada das duas grandes ruas da chácara. Estêvão esperava que voltasse à direita, isto é, que viesse para o lado dele, mas sobretudo receava que seguisse pela mesma rua adiante e se perdesse no fundo da chácara. A moça escolheu um meio-termo, voltou à esquerda, dando as costas ao seu curioso admirador e continuando no mesmo passo vagaroso e regular.

A chácara não era em demasia grande; e por mais lento que fosse o passo da madrugadora, não gastaria ela imenso tempo em percorrer até o fim aquela porção da rua em que entrara. Mas ali, ao pé daquele coração juvenil e impaciente, cada minuto parecia, não direi um século – seria abusar dos direitos do estilo –, mas uma hora, uma hora lhe parecia, com certeza.

A moça, entretanto, chegando ao fim, parou alguns instantes, pousou a mão nas costas de um banco rústico que ali havia e enfrentava com outro, colocado na extremidade oposta. A outra mão descaíra-lhe, e os olhos também, o que magoou o seu curioso observador. Seriam saudades de alguém? Estêvão sentiu uma coisa, a que chamarei ciúme antecipado, mas que na realidade eram invejas da alheia fortuna. A inveja é um sentimento mau; mas nele, que nascera para amar, e que, além disso, tinha em si o contraste do nascimento com o instinto, um berço obscuro e umas aspirações à vida elegante; nele a inveja era quase um sentimento desculpável.

A moça voltou e veio pela rua adiante. Enfim, disse consigo Estêvão, vou contemplá-la de mais perto. Ao mesmo tempo, receoso de que, descobrindo ali um estranho, guiasse os passos para casa, Estêvão afastou-se do lugar em que ficara, resoluto a aparecer, quando ela estivesse próxima à cerca do jardim. A moça vinha andando com o livro fechado, e os olhos ora no chão, ora nas andorinhas e camaxilras que esvoaçavam na chácara. Se trazia saudades, não se lhe podiam ler no rosto, que era quieto e pensativo, sim, mas sem a menor sombra de pena ou de tristeza.

Estêvão do lugar onde estava podia examinar-lhe as feições, sem ser visto por ela; mas foi justamente do que não cuidou, desde que lhes pôde distinguir. Valia a pena, entretanto, contemplar aqueles grandes olhos castanhos, meio velados pelas longas, finas e bastas pestanas, não maviosos nem quebrados, como ele os cuidara ver, mas de uma beleza severa, casta e fria. Valia a pena admirar como eles comunicavam a todo o rosto e a toda afigura um ar de majestade tranquila e senhora de si. Não era ela uma dessas belezas que, ao mesmo tempo que subjugam o coração, acendem os sentidos; falava à inteligência primeiro do que ao coração, tanto a arte parecia haver colaborado com a natureza naquela criatura, meio estátua e meio mulher.

Tudo isto podia ver e considerar o nosso bacharel. A verdade, porém, é que a nenhuma destas coisas atendeu. Desde que distinguira as feições da moça, ficou como tomado de assombro, com os olhos parados, a boca entreaberta, fugindo-lhe a vida e o sangue todo para o coração.

A moça chegara à cerca; esteve de pé algum tempo, olhou em derredor e por fim sentou-se no banco que ali havia, dando as costas para o jardim de Luiz Alves. Abriu novamente o livro e continuou a leitura do ponto em que a deixara tão só consigo, tão embebida no livro que tinha diante, que não a despertou o rumor, aliás sumido, dos passos de Estêvão nas folhas secas do chão. Teria percorrido meia página, quando Estêvão, reclinando-se sobre a cerca e procurando abafar a voz para que só chegasse aos ouvidos dela, proferiu este simples nome:

– Guiomar!

A moça soltou um grito de surpresa e de susto, e voltou-se sobressaltada para o lado donde partira a voz. Ao mesmo tempo levantara-se. A impressão que lhe produzira, e não sei se também algum ar de cólera que lhe notasse no rosto; e além de tudo, o remorso de não haver sufocado aquele grito de seu coração, fez com que Estêvão, quase no mesmo instante, murmurasse em tom de súplica:

– Perdoe-me; foi uma centelha do passado que estava debaixo da cinza: apagou-se de todo. Guiomar, – sabemos agora que era este o seu nome, – olhou séria e quieta para o seu mal-aventurado interruptor, dois longos e mortais minutos. Estêvão, confuso e vexado, tinha os olhos em terra; o coração palpitava-lhe com força, como a despedir-se da vida. A situação era em demasia aflitiva e embaraçosa para que se pudesse prolongar mais. Estêvão ia cortejá-la e

despedir-se; mas a moça, com um sorriso de mais piedade que afeto, murmurou:

– Está perdoado.

Caminhou para a cerca e estendeu-lhe a mão, que ele apertou, – apertou não é bem dito, – em que ele tocou apenas, o mais cerimoniosamente que podia e devia naquela situação.

E depois ficaram a olhar um para o outro, sem se atreverem a dizer nada, nem a sair dali, a verem ambos o espectro do passado, aquele tão amargo passado para um deles. Guiomar foi a primeira que rompeu o silêncio, fazendo a Estêvão uma pergunta natural, como não podia deixar de ser naquelas circunstância, mas ainda assim, ou por isso mesmo, a mais acerba que ele podia ouvir:

– Há dois anos que não nos vemos, creio eu?

– Há dois anos, murmurou Estêvão abafando um suspiro.

– Já está formado, não? Lembra-me de ter lido o seu nome...

– Estou formado. Sabe que era o desejo maior de minha tia...

– Não a vejo há muito tempo, interrompeu Guiomar; eu saí do colégio, logo depois que o senhor seguiu para S. Paulo. Saí a convite da baronesa, minha madrinha, que lá foi buscar-me um dia, alegando que eu já não tinha que aprender, e que me não convinha ensinar.

– Decerto, assentiu Estêvão. – Minha tia é que não deixou nem podia deixar de ensinar; acabou no ofício.

– Acabou?

– Morreu.

– Ah!

– Morreu há cerca de um ano.

– Era uma boa criatura, continuou Guiomar, depois de alguns instantes de silêncio, muito carinhosa e muito prendada. Devo-lhe o que aprendi... Está admirando esta flor?

Estêvão, apanhado em flagrante delito de admiração, não da flor, mas da mão que a sustinha, – uma deliciosa mão, que devia ser por força a que se perdeu da Vênus de Milo, Estêvão balbuciou:

– Com efeito, é linda!

Há muita flor bonita aqui na chácara. A baronesa tem imenso gosto a estas coisas, e o nosso jardineiro é homem que sabe do seu ofício.

Aquele natural acanhamento da primeira ocasião foi desaparecendo aos poucos, e a conversa veio a ser, não tão familiar, como outrora, mas em todo o caso menos fria do que a princípio estivera. Havia, contudo, uma diferença entre os dois: ele, sem embargo do desembaraço, sentia-se abalado e comovido; ela, porém, vencido o sobressalto do princípio, mostrava-se tranquila e fria, sempre polida e grave, risonha às vezes, mas de um risonho à flor do rosto, que não lhe alterava a serenidade e compostura.

O sítio e a hora eram mais próprios de um idílio, que de uma fria e descolorida prática. Um céu claro e límpido, um ar puro, o sol a coar por entre as folhas uma luz ainda frouxa e tépida, a vegetação em derredor, todo aquele reviver das coisas parecia estar pedindo uma igual aurora nas almas. Estas é que deviam falar ali a sua língua delas, amorosa e cândida, em vez da outra, cortês, elegante e rígida, que a nenhum deles desprazia, decerto, mas que era muito menos voluntária nos lábios de Estêvão.

Guiomar falava com certa graça, um pouco hirta e pausada, sem viveza, nem calor.

Estêvão, que a maior parte do tempo ficara a ouvi-la, observava entre si que as maneiras da moça não lhe eram desnaturais, ainda que podiam ser calculadas naquela situação. A Guiomar que ele conhecera e amara era o embrião da Guiomar de hoje, o esboço do painel agora perfeito; faltava-lhe outrora o colorido, mas já se lhe viam as linhas do desenho.

A conversa durou cerca de três quartos de hora, uma migalha de tempo para ele, que desejara muito mais. Mas era preciso acabar; ela foi a primeira a dizer-lhe.

– O senhor fez-me perder muito tempo. Há talvez uma hora que estamos aqui a conversar. Era natural, depois de dois anos. Dois anos! Mas o que não era natural, continuou ela mudando de tom, era atrever-me a falar com um estranho neste *déshabillé* tão pouco elegante...

– Elegantíssimo, pelo contrário.

– O senhor tem sempre um cumprimento de reserva: vejo que não perdeu o tempo na academia. Vou-me embora. São horas de a baronesa dar o seu passeio pela chácara.

– Será aquela senhora que ali está no alto da escada? perguntou Estêvão.

– É ela mesma, respondeu Guiomar. Está à espera que lhe vá dar o braço.

E com um gesto friamente fidalgo, estendeu a mão a Estêvão, dizendo:

– Passe bem, senhor doutor, estimei vê-lo.

Estêvão tocou-lhe levemente a mão, fina e macia, e inclinou-se respeitoso. A moça caminhou para casa. Ele acompanhou-a com os olhos, admirando a gentileza com que ela, desta vez a passo acelerado, resvalava por entre as árvores até subir as escadas da casa. Viu-a dar o braço à madrinha, descerem e seguirem vagarosamente pelo mesmo caminho por onde Guiomar seguira da primeira vez.

Estêvão ainda ficou algum tempo encostado à cerca, na esperança de que ela olhasse ou dirigisse os passos para aquele lado; ela, porém, passou indiferente, como se nem da existência dele soubera. Estêvão retirou-se dali cabisbaixo e triste, batido de contrários sentimentos, cheio de uma tristeza e de uma alegria que mal se combinavam, e por cima de tudo isso o eco vago e surdo desta interrogação:

– Entro num drama ou saio de uma comédia?

CAPÍTULO IV

LATET ANGUIS

O passeio da baronesa durou pouco mais de meia hora. O sol começava a aquecer e, apesar de ser bastante sombreada a chácara, o calor aconselhava à boa senhora que se recolhesse. Guiomar deu-lhe o braço, e ambas, seguindo pelo mesmo caminho, guiaram para casa.

– Parece muito tarde, Guiomar, disse a baronesa ao cabo de alguns segundos.

– E é, madrinha. Demorei-me hoje mais do que costumo, por causa de um encontro que tive aqui na chácara.

– Um encontro?

– Um homem.

– Algum ladrão? perguntou a madrinha parando.

– Não, senhora, respondeu Guiomar sorrindo, não era ladrão. A minha mestra de colégio... sabe que morreu?

– Quem disse isso?

– O sobrinho, o tal sujeito que encontrei aqui hoje.

– Você está zombando comigo! Um homem na chácara?

– Não era bem na chácara, mas no jardim do Dr. Luiz Alves. Estava encostado à cerca; trocamos algumas palavras

A baronesa olhou para ela alguns segundos.

– Mas, menina, isso não é bonito. Que diriam se os vissem?... Eu não diria nada, porque conheço o que você vale, e sei a discrição que Deus lhe deu. – Mas as aparências... Que qualidade de homem é esse sobrinho?

Interrompeu-as uma mulher de quarenta e quatro a quarenta e cinco anos, alta e magra, cabelo entre louro e branco, olhos azuis, asseadamente vestida, a Sra. Oswald, – ou mais britanicamente, Mrs. Oswald, – dama de companhia da baronesa, desde alguns anos. Mrs. Oswald conhecera a baronesa em 1846; viúva e sem família, aceitou as propostas que esta lhe fez. Era mulher inteligente e sagaz, dotada de boa índole e serviçal. Antes da ida de Guiomar para a companhia da madrinha, era Mrs. Oswald a alma da casa; a presença de Guiomar, que a baronesa amava extremosamente, alterou um pouco a situação.

— São nove horas! disse de longe a inglesa; pensei que hoje não queriam voltar para casa. O calor está forte; e a senhora baronesa sabe que não é conveniente expor-se aos ardores do sol, sobretudo neste tempo de epidemias.

— Tem razão, Mrs. Oswald; mas Guiomar tardou hoje tanto em ir buscar-me, que o passeio começou tarde.

— Por que me não mandou chamar?

— Estava talvez a dormir, ou entretida com o seu Walter Scott...

— Milton, emendou gravemente a inglesa; esta manhã foi dedicada a Milton. Que imenso poeta, D. Guiomar!

— Tamanho como este calor, observou Guiomar sorrindo. Apertemos o passo e lá dentro a ouviremos com melhor disposição.

Foram as três andando, subiram a escada e entraram na sala de jantar, que era vasta, com seis janelas para a chácara. Dali seguiram para uma saleta, onde a baronesa sentou-se na sua poltrona, a esperar a hora do almoço. Guiomar saiu para ir cuidar da toalete; e a baronesa que desde alguns minutos estivera cabisbaixa e pensativa, olhou fixamente para Mrs. Oswald, sem dizer palavra.

Era ela uma senhora de cinquenta anos, refeita, vestida com esse alinho e esmero da velhice, que é um resto da elegância da mocidade. Os cabelos, cor de prata fosca, emolduravam-lhe o rosto sereno, algum tanto arrugado, não por desgostos, que os não tivera, mas pelos anos. Os olhos luziam de muita vida, e eram a parte mais juvenil do rosto.

Tendo casado cedo, coube-lhe a boa fortuna de ser igualmente feliz desde o dia do noivado até o da viuvez. A viuvez custara-lhe muito; mas já lá iam alguns anos, e da crua dor que tivera ficara-lhe agora a consolação da saudade.

— Chegue-se mais perto; preciso falar-lhe a sós, disse ela à inglesa, que se achava a alguns passos de distância.

Mrs. Oswald foi até a porta espreitar se viria alguém e voltou a sentar-se ao pé da baronesa. A baronesa estava outra vez pensativa, com as mãos cruzadas no regaço e os olhos no chão.

Estiveram as duas, ali silenciosas alguns dois ou três minutos. A baronesa despertou enfim das reflexões, e voltou-se para a inglesa:

— Mrs. Oswald, disse ela, parece estar escrito que não serei completamente feliz. Nenhum sonho me falhou nunca; este, porém, não passará de sonho, e era o mais belo de minha velhice.

— Mas por que desespera? disse a inglesa. Tenha ânimo, e tudo se há de arranjar. Pela minha parte, oxalá pudesse contribuir para a completa felicidade desta família, a quem devo tantos e tamanhos benefícios.

— Benefícios!

— E que outra coisa são os seus carinhos, a proteção que me tem dado, a confiança...

— Está bom, está bom, interrompeu afetuosamente a baronesa; falemos de outra coisa.

Dela, não é? Diz-me o coração que com alguma paciência tudo se alcançará. Todos os meios se hão de tentar; e todos eles são bons se se trata de fazer a felicidade sua e dela. Bem está o que bem acaba, disse um poeta nosso, homem de juízo. Por enquanto só vejo um obstáculo: a pouca disposição...

— Só esse?

— Que outro mais?

— Talvez outro, disse a baronesa abaixando a voz; pode ser que não, mas tão infeliz sou neste meu desejo, que há de vir a ser obstáculo, talvez.

— Mas que é?

— Um homem, um moço, não sei quem, sobrinho da mestra que foi de Guiomar... Ela mesma contou-me tudo há pouco.

— Tudo o quê?

— Não sei se tudo; mas enfim disse-me que, estando a passear na chácara, vira o tal sobrinho da mestra, junto à cerca do Dr. Luiz Alves, e ficara a conversar com ele. Que será isto, Mrs. Oswald? Algum amor que continua ou recomeça agora, agora que ela já não é a simples herdeira da pobreza de seus pais, mas a minha filha, a filha do meu coração.

A comoção da baronesa ao proferir estas palavras era tal, que Mrs. Oswald pegou-lhe afetuosamente das mãos e procurou confortá-la com outras palavras de esperança e confiança. Disse-lhe, além disso, que o simples conversar com esse homem, que aliás nenhuma delas conhecia, não era razão para supor uma paixão anterior.

Enfim, concluiu a inglesa, custa-me crer que ela ame a alguém neste mundo. Por enquanto estou que não gosta de ninguém, e a nossa vantagem não é outra senão essa. Sua afilhada tem uma alma singular; passa facilmente do entusiasmo à frieza, e da confiança ao retraimento. Há de vir a amar, mas não creio que tenha grandes paixões, ao menos duradouras. Em todo o caso, posso responder-lhe atualmente pelo seu coração, como se tivesse a chave na minha algibeira.

A baronesa abanou a cabeça.

– Quanto a esse homem, continuou Mrs. Oswald, saberemos quem é ele, e que relações de afeto houve no passado.

– Parece-lhe possível?

– Naturalmente!

A inglesa proferiu esta única palavra com a segurança necessária para serenar o ânimo da boa senhora, que ficou algum tempo a olhar pasmada para ela, como quem refletia.

– Há ocasiões, disse enfim a baronesa ao cabo de alguns segundos de silêncio, há ocasiões em que eu quase chego a sentir remorsos do amor que tenho a Guiomar. Ela veio preencher na minha vida o vácuo deixado por aquela pobre Henriqueta, a filha das minhas entranhas, que a morte levou consigo, para mal de sua mãe. Se havia de ser infeliz, melhor é que a chore morta, com a esperança de a ir encontrar no céu. Mas não lhe quis mais, nem talvez tanto, como a esta criança, que levei à pia, e de quem Deus me fez mãe...

A baronesa calou-se; ouvira passos no corredor.

Guiomar, embora tivesse ido vestir-se e aprimorar-se, com tão singelos meios o fizera, que não desdizia daquele matinal desalinho em que o leitor a viu no capítulo anterior. O penteado era um capricho seu, expressamente inventado para realçar a um tempo a abundância dos cabelos e a senhoril beleza da testa. As pontas bordadas de um colarinho de cambraia dobravam-se faceiramente sobre o azulado do vestido de *glacê*, talhado e ornado com uma simplicidade artística. Isto, e pouco mais, era toda a moldura do painel, – um dos mais belos painéis que havia por aqueles tempos em toda a Praia de Botafogo.

– Viva a minha rainha de Inglaterra! exclamou Mrs. Oswald quando a viu assomar à porta da saleta.

E Guiomar sorriu com tanta satisfação e gozo ao ouvir-lhe esta saudação familiar, que um observador atento hesitaria em dizer se era aquilo simples vaidade de moça, ou se alguma coisa mais.

A baronesa pôs os olhos na afilhada, uns olhos amorosos e tristes, em que a moça reparou, e que a tornaram séria durante alguns rápidos segundos. Mas sorriu depois; e pegando das mãos da madrinha deu-lhe dois beijos no rosto, com tanta ternura e tão sincera, que a boa senhora sorriu de contentamento.

– Não precisa falar, disse Guiomar, já sei que me acha bonita. É o que me diz todos os dias, com risco de me perder, porque se eu acabo vaidosa, adeus, minhas encomendas, ninguém mais poderá comigo.

Guiomar disse isto com tanta graça e singeleza, que a madrinha não pôde deixar de rir, e a melancolia acabou de todo. A sineta do almoço chamou-as a outros cuidados, e a nós também, amigo leitor. Enquanto as três almoçam, relancemos os olhos ao passado, e vejamos quem era esta Guiomar, tão gentil, tão buscada e tão singular, como dizia Mrs. Oswald.

– Fiz mal, fiz não há dúvida, mas a intenção não podia ser melhor. Talvez não me creia; paciência! O que lhe peço, – nem lhe peço, – o que eu acredito piamente é que não me há de atribuir algum interesse de ordem...

Mrs. Oswald fez uma pausa para dar aberta ao protesto de Guiomar, mas Guiomar não protestou, quero dizer não protestou de viva voz; fez apenas um gesto negativo, bastante a satisfazer os melindres da inglesa. A moça foi sincera; não atribuía realmente a nenhum interesse vil – pecuniário – a ação de Mrs. Oswald. Nem por isso a absolvia – não só porque ela viria concorrer talvez para uma crise penosa, mas também – bom é notá-lo outra vez – porque a condição da inglesa naquela casa era relativamente inferior.

A inglesa continuou a falar em defesa própria, a justificar miudamente os bons sentimentos do coração, e a prometer que deixava por mão todo aquele negócio, a seu juízo, o melhor que a moça podia fazer.

– A experiência da vida, concluiu ela, devia ter-me convencido de que o melhor de todos os sentimentos é um egoísmo quieto e calado.

Enquanto ela falava assim, Guiomar parecia volver à tranquilidade habitual. A mudança foi – não súbita –, mas um pouco mais rápida do que devera ser, tratando-se de um espírito, como o dela, em que as impressões não eram superficiais nem momentâneas.

Havia até uns toques de afabilidade no rosto e na voz, quando ela começou a falar, o que revelaria talvez ser aquela mudança muito voluntária e meditada.

– Está bom, Mrs. Oswald, o que passou, passou. Sinto que as coisas chegassem a este ponto, e que ele se lembrasse de escrever semelhante carta, confessando uma paixão que acredito sincera, mas a que o meu coração não pode corresponder. Amores não se encomendam como vestidos; sobretudo não se fingem, ou não se devem fingir nunca.

– Oh! decerto!

– Eu gosto dele, como parente que é de minha madrinha, e também porque ela lhe tem afeição de mãe, como a mim; somos uma espécie de irmãos, nada mais.

– Tem muita razão, assentiu Mrs. Oswald. A senhora pensa e fala como um doutor. Que se lhe há de fazer? Quem não ama não ama. Dele é que eu tenho pena!

– Gosta muito de mim, não? perguntou Guiomar fitando os olhos na inglesa.

— Oh! parece que sim! A senhora deve sabê-lo tanto como eu; eu sei o que tenho visto, e creio que é muito.

— Eu nunca vi nada, respondeu secamente Guiomar.

A resposta de Mrs. Oswald foi um sorriso de incredulidade, que a outra não viu ou não quis ver. Houve uma pausa; Guiomar continuou nestes termos:

— Mas seja como for, a minha resposta é negativa. Estou que ele não me fará a injúria de querer casar comigo, sem que eu o ame...

Guiomar parou, como a esperar, que a outra lhe dissesse alguma coisa. Desta vez coube a Mrs. Oswald não responder nada, nem com a voz nem com o gesto. A moça inclinou o corpo, pôs os braços sobre os joelhos, com os dedos cruzados, e entre um riso amável e um olhar afetuoso, continuou:

— A senhora podia, se acaso ele alguma vez lhe falou nisso ou vier a falar-lhe, podia dissuadi-lo de tais ideias, dizendo-lhe simplesmente a verdade e dando-lhe conselhos, os conselhos que a senhora há de saber dar, e que ele aceitará decerto, porque é um bom coração, um caráter estimável...

— Oh! excelente! Um moço excelente!

E as duas ficaram a olhar uma para a outra, Guiomar a sorrir, mas de um sorriso, que era uma contração voluntária dos músculos, e a inglesa a fazer um rosto de piedade, e adoração, e pena, e muita coisa junta, que a moça só começou a compreender, quando ela rompeu o silêncio deste modo:

— Estou a duvidar se devo dizer-lhe o resto.

— O resto? perguntou Guiomar admirada. Pois que há mais?

A inglesa aproximou a cadeira. Guiomar endireitou o busto e esperou ansiosa a revelação – se revelação era – que lhe ia fazer Mrs. Oswald. Esta não falou logo; era razoável hesitar um pouco, lutar consigo mesma, antes de dizer alguma coisa. Enfim, com um movimento de quem ajunta as forças todas e as emprega em coisa superior à coragem usual:

— D. Guiomar, disse ela, pegando-lhe nas mãos, ninguém pode exigir que se case sem amar o noivo; seria na verdade uma afronta. Mas o que lhe digo é que o amor que não existe por ora, pode vir mais tarde, e se vier, e se viesse, seria uma grande fortuna...

— Mas acabe, acabe, interrompeu a moça com impaciência.

— Seria uma grande fortuna para a senhora, para ele, ouso dizer que para mim, que os estimo e adoro, mas sobretudo para a senhora baronesa.

– Como assim? disse Guiomar.

– Oh! para ela seria a maior fortuna da vida, porque é hoje o seu mais entranhado e vivo desejo, o seu desejo verdadeiramente da alma. A senhora...

– Está certa disso?

– Certíssima.

– Não creio, não vejo nada que...

– Creia, deve crer. Se me promete nada dizer desta nossa conversa, nem fazer suspeitar por nenhum modo o que lhe estou contando...

– Fale.

– Pois bem, – continuou Mrs. Oswald abaixando a voz, como se alguém pudesse ouvi-la na solidão daquela alcova e no silêncio profundo daquela casa, que toda dormia – pois bem, eu lhe direi que por ela mesma tive notícia deste seu desejo. Quando eu percebi a paixão do Sr. Jorge, falei nisso a sua madrinha, gracejando na intimidade que ela me permite, e a senhora baronesa em vez de sorrir, como eu esperava que fizesse, ficou algum tempo pensativa e séria, até que rompeu

nestas palavras: "Oh! se Guiomar gostasse dele e viessem a casar-se, eu seria completamente feliz. Não tenho hoje outra ambição na Terra. Há de ser a minha campanha."

– Minha madrinha disse isso? perguntou Guiomar.

– Tal qual. A resposta que lhe dei foi que o casamento não era impossível, e que nada mais natural do que virem a amar-se duas pessoas a princípio indiferentes. O amor nasce muita vez do costume.

Guiomar já mal ouvia o que lhe estava dizendo a inglesa; se ainda olhava para ela, era com os olhos indecisos e empanados, de quem vai toda absorvida em pensamentos íntimos.

– Foi desde esse dia, continuou Mrs. Oswald, que me pareceu conveniente falar-lhe algumas vezes nisso, sondar-lhe o coração, ver se ele favorecia o sonho de sua madrinha, tornando feliz toda esta casa... Fiz mal, convenho; mas a intenção era a mais respeitável e santa deste mundo.

– Decerto, murmurou Guiomar.

Mrs. Oswald pegou-lhe numa das mãos e beijou-a afetuosamente. Guiomar não a repeliu nem sequer pareceu dar-se-lhe da ternura da inglesa. As duas olharam-se uns breves minutos, sem dizer nada, como a lerem na alma uma da outra.

Guiomar não tinha a experiência nem a idade da inglesa, que podia ser sua mãe; mas a experiência e a idade eram substituídas, como sabe o leitor, por um grande tino e sagacidade naturais. Há criaturas que chegam aos cinquenta anos sem nunca passar dos quinze, tão símplices, tão cegas, tão verdes as compõe a natureza; para essas o crepúsculo é o prolongamento da aurora. Outras não; amadurecem na sazão das flores; vêm ao mundo com a ruga da reflexão no espírito, – embora, sem prejuízo do sentimento, que nelas vive e influi, mas não domina. Nestas o coração nasce enfreado; trota largo, vai a passo ou galopa, como coração que é, mas não dispara nunca, não se perde nem perde o cavaleiro.

O que a afilhada da baronesa buscava ler no rosto de Mrs. Oswald era se efetivamente a madrinha nutria aquele desejo, ou se tal revelação não era mais do que um embuste. O leitor sabe que era verdadeira; mas admitirá, sem dúvida, que a moça só depois de muito interrogar e examinar lhe desse fé. Creu enfim; creu, porque era verossímil, creu porque a inglesa não se arriscaria a qualquer indiscrição da parte dela, que de todo a desmascararia.

– Parece-me, disse Mrs. Oswald, que não fiz mal em lhe dizer tudo o que sabia. Conselhos não lhe dou nenhuns; o melhor deles não vale a voz do próprio coração. O seu é puro e reto; consulte-o de boa vontade, e verá se há nele indiferença, ou se alguma faísca...

– Eu sei! interrompeu Guiomar. Não me lembrou de consultá-lo nunca.

– Faz mal, ele é o relógio da vida. Quem o não consulta, anda naturalmente fora do tempo. Mas que vejo! continuou Mrs. Oswald deitando os olhos para o *porte montre* de veludo onde estava o reloginho de Guiomar. Naquele outro relógio faltam dez minutos para uma hora! Uma hora! Que diria a senhora baronesa se soubesse que ainda estamos aqui de conversa! Retiro-me; Deus lhe dê um sono sossegado, e sobretudo a faça feliz, como merece. Não lhe recomendo juízo, porque o tem de sobra. Adeus, até amanhã.

E Mrs. Oswald saiu pé ante pé em direção ao seu quarto.

Guiomar ficou só, ali sentada ao pé da cama, a ouvir o passo surdo e cauteloso da inglesa. Quando o som morreu de todo e o silêncio da noite volveu ao que era, profundo e sepulcral, a moça deixou cair os braços na cama, e a cabeça nas mãos, e um suspiro desentranhou-se-lhe do peito, longo, ruidoso, magoado – o primeiro que o leitor lhe ouve desde que a conhece – e enfim estas palavras arrancadas da alma, tão doloridas – ia dizer tão lacrimosas - vinham elas:

– Oh meus sonhos! Meus sonhos!

Não chorou; a alma dela era das que não têm lágrimas, enquanto lhe restam forças. Os olhos estavam secos e firmes quando ela os ergueu das mãos; o rosto tinha vestígios do abalo, mas não havia nele desânimo, menos ainda desespero. Há carateres que se compõem diante de si mesmos; e por outro lado o obstáculo nunca o é, quando a ambição é verdadeira ambição.

CAPÍTULO XI

LUIZ ALVES

Durante uma inteira e comprida semana, deixou Estêvão de aparecer no escritório onde trabalhava com Luiz Alves; não apareceu também em Botafogo. Ninguém o viu em todo esse tempo nos lugares onde ele era mais ou menos assíduo. Foram seis dias, não digo de reclusão absoluta, mas de completa solidão, porque ainda nas poucas vezes que saiu, fê-lo sempre a horas ou em direções que a ninguém via, e de ninguém era visto.

Mas não fora essa crua e malfadada crise, e é quase certo que ele meteria uma lança na África daqueles dias, que era um ponto muito sério e grave, a questão magna da Rua do Ouvidor e da casa do José Tomás, a ponderosa, crespa e complicada questão de saber se a Stephanoni estrearia no *Ernani*. Esta questão, de que o leitor se ri hoje, como se hão de rir os seus sobrinhos de outras análogas puerilidades, esta pretensão a que se opunha a Lagrua, alegando que o *Ernani* era seu, pretensão que fazia gemer as almas e os prelos daquele tempo, era coisa muito própria a espertar os brios do nosso Estêvão, tão marechal nas coisas mínimas, como recruta nas coisas máximas.

Infelizmente ele não aparecia, não sabia sequer do conflito e do debate, ocupado como estava em travar o áspero e sangrento duelo do homem contra si mesmo, quando lhe falta o apoio, ou a consolação dos outros homens. Todo ele era Guiomar; Guiomar era o primeiro e o último pensamento de cada dia. A sombra da moça vivia ao pé dele e dentro dele, no livro em que lia, na rua solitária onde acaso transitava, nos sonhos da noite, nas estrelas do céu, nas poucas flores de seu inculto jardim.

Um leitor perspicaz, como eu suponho que há de ser o leitor deste livro, dispensa que eu lhe conte os muitos planos que ele teceu, diversos e contraditórios, como é de razão em análogas situações. Apenas direi por alto que ele pensou três vezes em morrer, duas em fugir à cidade, quatro em ir afogar a sua dor mortal naquele ainda mais mortal pântano de corrupção em que apodrece e morre tantas vezes a flor da mocidade. Em tudo isto era o seu espírito apenas um joguete de sensações contínuas e variadas. A força, a permanência do afeto não lhe bastava a dar seguimento e realidade às concepções vagas de seu cérebro – enfermo, ainda quando estava de saúde.

A ideia do suicídio fincou-se-lhe mais adentro no espírito, certa tarde em que ele saiu a espairecer, e viu um enterro que passava, caminho do Caju. O préstito era triste – ainda mais triste pela indiferença que se lia no rosto dos que iam piedosamente acompanhando o morto. Estêvão descobriu-se e sinceramente desejou ir ali dentro, metido naquelas estreitas tábuas de pinho, com todas as suas dores, paixões e esperanças.

– "Não tenho outro recurso", pensou ele; é necessário que morra. É uma dor só, e é a liberdade.

Ao voltar para casa, uma criança que brincava na rua, em camisa, com os pés na água barrenta da sarjeta, fê-lo parar alguns instantes, invejoso daquela boa fortuna da infância, que ri com os pés no charco. Mas a inveja da morte e a inveja da inocência foram ainda substituídas pela inveja da felicidade, quando ao recolher-se viu as janelas abertas de uma casa vizinha, e a sala iluminada, e uma noiva coroada de flores de laranjeira, a sorrir para o noivo, que sorria igualmente para ela, ambos com o sorriso indefinível e único da ocasião.

Os cinco dias correram-lhe assim, travados de enojo, de desespero, de lágrimas, de reflexões amargas, de suspiros inúteis, até que raiou a aurora do sexto dia, e com ela – ou pouco depois dela, uma carta de Botafogo. Estêvão quando viu o criado da baronesa, à porta da sala, com uma carta na mão, sentiu tamanho alvoroço, que não ouviu nada do que ele lhe disse. Suporia que a carta era de Guiomar? Talvez; mas a ilusão durou os poucos instantes que ele gastou em romper a sobrecarta e desdobrar a folha de papel que vinha dentro.

A carta era da baronesa.

A baronesa perguntava-lhe graciosamente se ele havia morrido, e pedia que fosse falar-lhe acerca da demanda que ela trazia. Estêvão chegara já ao estado de só esperar um pretexto para transigir consigo mesmo; não podia havê-lo melhor. Escreveu rapidamente duas linhas de resposta, e à uma hora da tarde apeava-se de um tílburi à porta da funesta e deliciosa casa, onde havia passado as melhores e as piores horas da vida.

— Sabe por que razão lhe dei este incômodo, além do prazer que tinha em vê-lo? perguntou a baronesa logo depois dos primeiros cumprimentos.

— Disse-me que era por causa da demanda...

— Sim, precisamos assentar algumas coisas, antes da nossa partida.

— V. Exa. sai da corte?

— Vamos para a roça.

Estêvão empalideceu. Na situação dele, aquela viagem era a melhor coisa que lhe podia acontecer; contudo, fez-lhe mal a notícia. A conversa que se seguiu foi toda sobre o assunto forense, e durou uma longa hora, sem que aparecesse Guiomar. Ao despedir-se atreveu-se Estêvão a perguntar por ela.

— Anda passeando, respondeu a baronesa.

Estêvão despediu-se da constituinte, que o acompanhou até à porta da sala, repetindo-lhe algumas recomendações, que o advogado mal pôde ouvir e absolutamente lhe não ficaram de memória.

A esperança de ver a moça levara-o, mais que tudo, àquela casa; saía sem ter o gosto de a contemplar ainda uma vez; mais do que isso, ameaçado de a não ver tão cedo, ou quem sabe se nunca mais. Ia ele a refletir nisto e a aproximar-se da porta, onde parava ao mesmo tempo um carro. Estêvão estremeceu naturalmente, antes de ver quem ia apear-se; grudou-se ao portal, com os olhos fitos na portinhola, que um lacaio abria apressadamente.

A primeira figura que desceu foi a nossa conhecida Mrs. Oswald, que o fez, sem dar tempo a que Estêvão lhe oferecesse a mão. O bacharel, desde que a vira, aproximara-se rapidamente da portinhola.

Guiomar desceu logo depois. A mão apertada na luva cor de pérola pousou levemente na mão de Estêvão, que estremeceu todo. A moça fez-lhe um cumprimento risonho, murmurou um agradecimento e recolheu-se com a inglesa. Era pouco; mas esse pouco alvoroçou o bacharel, que enfiou dali para a cidade, em direção ao escritório.

Luiz Alves admirou-se de o ver; não foi com um espanto de seis dias, como devera ser, mas de quarenta e oito horas, quando muito. Que admira? A preocupação de Luiz Alves por aqueles dias era a candidatura eleitoral; a boa-nova devia chegar-lhe na primeira mala do Norte. Ora, em boa razão, um homem que está prestes a ser inscrito nas tábuas do parlamento, não pode cogitar muito dos amores de um rapaz, ainda que o rapaz seja amigo e os amores verdadeiros.

Estêvão não perdeu tempo em circunlóquios; foi entrando e entornando a alma toda, aflita e consolada a um tempo, no seio do velho amigo e companheiro. A cada trecho da confissão plena que ele ali lhe fez, respondia um comento, ora sério, ora gracioso de Luiz Alves. Quando Estêvão, porém, lhe deu notícia de que a família da baronesa ia para a roça, Luiz Alves recolheu o meio riso que lhe pousava nos lábios desde começo, e com a mais súbita e sincera admiração, exclamou:

– Para a roça!

– Disse-o agora mesmo a baronesa.

– Mas...

Luiz Alves não acabou; olhou ainda meio duvidoso para Estêvão e ficou algum tempo calado, a coçar o queixo com a faca de marfim e a olhar para uma gravura que pendia na parede fronteira.

– Na situação em que estou, continuou Estêvão, hás de dizer que a viagem é uma felicidade para mim. Pois não é; não admito a viagem. Se ela sair da corte, eu saio também.

– Tu estás doido!

– Talvez.

Luiz Alves saiu daquela natural indiferença com que o ouvia, e lhe falava sempre em tal assunto. Falou-lhe carinhoso – talvez pela primeira vez na vida. O que lhe disse foi apenas uma edição aumentada do que lhe havia dito em anteriores ocasiões – agora com maior fundamento, porque depois do formal desengano de Guiomar, não havia outro recurso mais que ir esquecê-la de todo.

– Oh! isso nunca! interrompeu Estêvão. Demais, não sei, não estou certo se ela falava de coração naquela tarde...

A candidez com que Estêvão disse isto era a fiel tradução de seu espírito, e a razão de tais palavras, não a procure o leitor em outra parte mais que não seja aquele sorriso de há pouco, ao pé do carro, sorriso que lhe bailava no cérebro, como raio de sol coado por entre nuvens negras de tempestade.

Luiz Alves sacudiu a cabeça e enfiou os olhos pelas folhas rabiscadas de uns autos que tinha diante, e que entrou a folhear vagarosamente. Súbito, bateu uma pancadinha, com a mão espalmada sobre os papéis, e levantou a cabeça:

– Há um meio talvez de saber tudo, disse ele, de saber se ela verdadeiramente te ama, ou... Posso tentá-lo, com uma condição.

– Qual?

– A condição de eliminares as tuas pretensões. Que diabo ganhas tu em nutrir uma paixão sem eficácia nem remédio?

Esta promessa era a mais dura que se podia arrancar de um coração, em que as gerações de esperanças se sucediam quase sem solução de continuidade; fê-la, todavia, Estêvão, talvez com a secreta resolução de a trair.

Luiz Alves ficou só, daí a alguns minutos. As últimas palavras que disse ao colega foram duas ou três pilhérias de rapaz; mas apenas ficou só tornou-se sério, e inclinando o corpo para a frente, com os braços na secretária, e a raspar as unhas com um canivete, ali esteve largo tempo, como a refletir, longe de Estêvão, que aliás já não ia perto, e ainda mais longe dos autos que tinha diante de si. Mas em que pensava ele, se não era em Estêvão, nem nos autos, nem também, por agora, nas suas esperanças eleitorais? Paciência, leitor; sabê-lo-ás daqui a nada. Contenta-te com a notícia de que, ao cabo de vinte minutos daquela abstração, Luiz Alves volveu a si, proferindo em alta voz esta simples palavra:

– Não há dúvida; é uma ambiciosa.

E descativado daquela preocupação, enterrou-se de todo na leitura dos autos.

CAPÍTULO XII

A VIAGEM

Mal recomeçara Luiz Alves a leitura dos autos, entrou no gabinete o criado apresentando-lhe um bilhete de visita.

– Que entre! disse o advogado lendo o nome do sobrinho da baronesa.

E logo se ouviu no corredor o passo medido e lento do mancebo, que daí a nada assomava à porta do gabinete, fazendo uma cortesia, sisuda, mas graciosa.

– Venho incomodá-lo, doutor? perguntou Jorge.

– Pelo amor de Deus! exclamou o advogado erguendo-se e indo buscá-lo à porta. Não me incomodaria em caso nenhum; agora, sobretudo, que a leitura de uns papéis me fatigou sobremaneira, a maior fortuna que eu poderia desejar é a presença de um homem de espírito.

Jorge agradeceu este cumprimento um pouco enfático, e retribuiu-o com outra lisonjaria muito mais extensa e de maior alcance. Quer dizer que ele vinha pedir alguma coisa. Efetivamente, passados os minutos de introito e desfiadas as generalidades, Jorge empertigou-se mais do que até ali estivera e desfechou esta pergunta abrupta:

– Sabe que venho pedir-lhe uma coisa grave? Luiz Alves inclinou-se.

– Grave e simples ao mesmo tempo, continuou o sobrinho da baronesa; mas antes disso precisava saber se é tão amigo da nossa família, como ela o é do senhor.

– Oh! decerto!

– O senhor é o menos assíduo, talvez, das pessoas que lá vão, apesar de vizinho; só agora o vejo ali mais a miúdo; entretanto é como flor que se trai pelo aroma; minha tia tem a seu respeito a melhor opinião do mundo; acha-lhe uma gravidade, e eu também a sinto, e nem compreendo que um homem possa ser outra coisa. Os tais espíritos fúteis...

– São insuportáveis, concluiu Luiz Alves ansioso por chegar ao objeto da visita.

O objeto era a viagem da baronesa. Um comendador, amigo do finado barão e fazendeiro em Cantagalo, tinha promessa da viúva, havia dois anos, de ir lá passar algum tempo. A baronesa esquivara-se sempre a cumprir a palavra dada; agora, porém, tal fora a insistência, que se resolvera a ir. Ora, o que Jorge vinha propor era – expressões dele – uma conjuração de amigos para dissuadir a tia daquele projeto. Afiançava ao advogado que, ainda descoberta a conjuração, teria ele a vida sã e salva.

Luiz Alves supôs a princípio que aquilo era um simples pretexto; mas, tendo observado que a bela Guiomar não era indiferente ao rapaz, compreendeu que este tinha na conjuração proposta, um interesse inteiramente pessoal. Enfim, Jorge chegou a confessar que, se a tia insistisse em sair da corte, ele não tinha remédio senão acompanhá-la.

O acordo não foi difícil; ficou assentado que fariam todos os esforços para dissuadir a baronesa. Jorge quis sair logo; reteve-o Luiz Alves algum tempo mais, com expressões de louvor habilmente tecidas e mais habilmente encastoadas na conversação; e também deixando-se ir à feição do espírito dele, aceitando-lhe as ideias e os preconceitos, e aplaudindo-os discretamente – sério, quando eles o eram ou pareciam ser – chocarreiro quando vinham com ar de graça – respondendo enfim a todos os gestos e meneios do outro, como faz o espelho por ofício e obrigação: – toda a arte em suma de tratar os homens, de os atrair e de os namorar, que ele aprendera cedo e que lhe devia aproveitar mais tarde na vida pública.

De noite foi Luiz Alves à casa da baronesa, onde poucas pessoas havia, todas de intimidade. A dona da casa, sentada na poltrona do costume, tinha ao pé de si uma senhora da mesma idade que ela, igualmente viúva, e defronte as suíças brancas e aposentadas de um ex-funcionário público. Num sofá, viam-se Mrs. Oswald e Jorge a conversarem em voz, ora muito baixa, ora um pouco mais elevada. Adiante, dois moços contavam a duas senhoras o enredo da última peça do Ginásio. Mais longe, uma moça da vizinhança gabava a outra a tesoura de Mme. Bragaldi, que pedia meças, dizia ela, ao pincel do cenógrafo, seu marido. Enfim, junto a uma das janelas via-se uma mocinha, viva e bonita, a dizer mil ninharias graciosas a outra pessoa, que era nada menos que a nossa conhecida Guiomar. A conversa, assim dividida, tornava-se às vezes geral, para recair logo no particularismo anterior; os grupos modificavam-se também de quando em quando, do mesmo modo que o assunto, e assim se iam matando agradavelmente as horas, que não resistiam, coitadas, nem apressavam o passo um minuto sequer.

Luiz Alves agregara-se ao grupo da baronesa, ao qual não tardou juntar-se Jorge. O advogado teve a discrição de esperar que o assunto viesse de si, se viesse, ou de o introduzir na conversa, quando lhe parecesse de feição. Mas Jorge, que estava impaciente, arrastou o assunto ao debate. Luiz Alves mostrou-se fiel à palavra dada; declarou amavelmente que se opunha à viagem, como vizinho e amigo, que reclamaria em último caso o auxílio de força pública; que era um erro e um crime deixar aquela casa viúva da benevolência e da graça e do gosto e de todas as mais qualidades excelentes que ali iam achar os felizes que a frequentavam; que, enfim, o mal era tamanho, que não deixaria de ser pecado, posto não viesse apontado nos catecismos, e como pecado, seria de força punido, com amargas penas, no outro século, pelo que, e o mais dos autos, era sua decisão que a baronesa devia ficar.

Todas estas razões foram ditas como deviam de ser, de um modo galante e folgazão, a que a baronesa respondia igualmente, e que não daria nada mais de si, se Luiz Alves, mudando de estilo, não fosse pôr o assunto em diferente terreno.

– Digamos a verdade, senhora baronesa, a viagem há de ser-lhe imensamente incômoda, se for só isso; suas forças não são decerto iguais às de seus primeiros anos; sua saúde é melindrosa e não poderá sofrer tanta fadiga. Confesso que falo em nome de certo interesse pessoal de amigo e de vizinho; mas a principal razão não é essa. Se houvesse um motivo urgente, bem; mas tratando-se apenas de uma promessa feita há tanto tempo, seria crueldade da minha parte não insistir que ficasse.

A baronesa defendia-se, e Luiz Alves não tardou em reconhecer de si para si que ela não se defendia com o vigor de uma resolução original e própria. A conversa, entretanto, tornara-se mais geral; de todos os lados partiam votos de oposição.

Guiomar havia já alguns minutos que não atendia à interlocutora; tinha o ouvido afiado e assestado sobre o grupo da madrinha. Ninguém a observava; mas é privilégio do romancista e do leitor ver no rosto de uma personagem aquilo que as outras não veem ou não podem ver. No rosto de Guiomar podemos nós ler, não só o tédio que lhe causava aquela opinião unânime contra o projeto da baronesa, mas ainda a expressão de um gênio imperioso e voluntário.

– Estamos de acordo, creio eu? perguntou Luiz Alves olhando alternadamente para a baronesa e as outras pessoas.

– Não é possível, doutor, respondia a boa senhora.

– Decerto que não é possível, interveio Guiomar do lugar onde estava. A viagem não oferece risco, nem minha madrinha está inválida. Demais, é uma promessa feita; não se pode deixar de cumprir.

Esta opinião, dita em tom seco e firme, ainda que a voz nada perdesse do seu natural aveludado, equivaleu a um pouco de água fria lançada na fervura triunfante dos ânimos.

– Guiomar tem razão, disse a baronesa; já agora é preciso ir; são apenas três ou quatro meses.

Luiz Alves olhou longamente para Guiomar, como a procurar ver-lhe no rosto todas as antecedências da resolução da baronesa. A oposição afrouxara; Jorge chamou em vão o advogado em seu auxílio. A resolução da tia, se alguma vez fora abalada, tornara-se outra vez firme.

Guiomar, entretanto, erguera-se e chegara ao grupo da madrinha. Jorge fitou-a com uma expressão de vaidade e cobiça. Luiz Alves, que se achava de pé, recuou um pouco para deixá-la passar. Os olhos com que a contemplou não eram de cobiça nem de vaidade; a leitora, que ainda lembrará da confissão por ele mesmo feita a Estêvão, suporá talvez que eram de amor. Talvez – quem sabe? – amor um pouco sossegado, não louco e cego como o de Estêvão, não pueril e lascivo, como o de Jorge, um meio-termo entre um e outro – como podia havê-lo no coração de um ambicioso.

– O Dr. Luiz Alves defende causas más, disse Guiomar sorrindo para ele; não se trata de uma coisa impossível. Quanto a mim, Cantagalo só tem um inconveniente; será menos divertido que a corte; mas o tempo passa depressa...

– Nesse caso, disse Jorge suspirando, eu também dispenso teatros e bailes; sacrifico-me à família.

– Queres ir conosco? perguntou a baronesa alegremente.

– Que dúvida!

Guiomar mordeu o lábio inferior, com uma expressão de despeito, que pôde conter e abafar, sem que ninguém a percebesse, ninguém, exceto Luiz Alves. Um sorriso tranquilo e perspicaz roçou os lábios do advogado, enquanto a moça, para esconder a impressão que lhe ficara, de novo se dirigiu à janela, onde esteve alguns momentos sozinha, meia voltada para fora e meia guardada pela sombra que ali fazia a cortina. Um rumor de passos fê-la voltar-se para dentro. Era Luiz Alves.

– Ah! disse ela fingindo-se tranquila; agradeço-lhe não haver insistido mais nos seus conselhos.

– A intenção era boa, respondeu Luiz Alves em voz baixa; mas será agora excelente; nem tudo está perdido: eu me incumbo de salvar o resto.

Guiomar franziu a testa com o mais vivo e natural espanto; tal espanto que parecia havê-la feito esquecer outro sentimento, igualmente natural: o do despeito que lhe causaria aquela singular familiaridade. Mas o assombro dominou tudo; Guiomar sentiu que ele lera nela a razão da insistência e o desgosto do resultado.

A ruga desfez-se a pouco e pouco, mas a moça não retirou logo os olhos. Havia neles uma interrogação imperiosa, que a alma não se atrevia a transmitir aos lábios. Se há nos do leitor alguma interrogação, esperemos o capítulo seguinte.

CAPÍTULO XIII

EXPLICAÇÕES

Luiz Alves compreendera toda a expressão dos olhos de Guiomar; era, porém, homem frio, resoluto. Inclinou o busto com toda a graça correta e de bom-tom, e disse-lhe na voz mais branda que lhe permitia o seu órgão forte e severo:

– Parece-lhe que fui um pouco audaz, não é? Fui apenas sincero; e ainda que a sua delicadeza me condene, estou certo de que há em seu coração misericórdia de sobra...

Guiomar tinha readquirido toda a posse de si mesma.

– Está enganado, disse ela, não o condeno, pela simples razão de que o não entendi.

– Tanto melhor, redarguiu Luiz Alves sem pestanejar; o meu delito nesse caso não passou da esfera da intenção.

– Mas... referia-se à viagem?

– Referia-me; perguntava quando iam.

Esta presença de espírito de Luiz Alves ia muito com o gênio de Guiomar; era um laço de simpatia. A moça respondeu que o comendador viria buscá-las daí a quinze ou vinte dias.

– Três meses apenas? perguntou o advogado.

– Três ou quatro.

– Quatro meses não é a eternidade, mas Cantagalo, para uma carioca da gema, há de ser um degredo, ou quase... Oxalá – continuou Luiz Alves, concluindo mais depressa do que queria, ao ver que Jorge se aproximava da janela – oxalá não lhe faça esse exílio esquecer o que solenemente lhe digo neste momento: que a senhora tem uma alma grande e nobre, e que eu a admiro!

Jorge chegara; a conversa tinha de acabar ou tomar diferente rumo.

As últimas palavras de Luiz Alves eram singularmente dispostas para deixar sulco profundo na memória da moça. Não era uma declaração de amor, nem uma cortesania de sala, coisas todas que ela ouvira muita vez, que podiam lisonjeá-la, e decerto a lisonjeavam; era mais que um cumprimento e não chegava a ser uma declaração. Comoção, não a havia na voz do advogado; firmeza, sim, e um ar de convicção profunda. Guiomar olhou para ele quase sem dar pela presença de Jorge; mas Luiz Alves voltara-se para o recém-chegado e falava-lhe em tom jovial, bem diferente daquele que empregara pouco antes.

Se esse contraste era premeditado – não sei se o era – não podia vir mais de feição ao espírito de Guiomar. De quantos homens a moça tratara até ali, era o primeiro que lhe inspirava curiosidade, e também, naquela ocasião, a primeira pessoa que se compadecia dela. Veja o leitor: – curiosidade e gratidão; – veja se há duas asas mais próprias para arrojar uma alma no seio de outra alma – ou de um abismo, que é às vezes a mesma coisa.

Eu disse – compadecia – e esta só palavra, desacompanhada de outra coisa, pode fazer crer ao leitor que, durante aqueles dias em que a perdemos de vista, tornara-se Guiomar uma criatura desditosa. Nada disso; a situação era a mesma, não a mesma anteriormente à carta de Jorge, mas a mesma da noite em que ela a recebeu, situação, decerto, assaz sombria e carregada para um coração que receia ser constrangido, mas não desesperada nem angustiosa.

A baronesa, se soubera dos fatos, ou se pudera ler na alma da moça, seria a primeira a dar-lhe todas as consolações. Mas não sabia. Seu desejo – ou antes o sonho da velhice, como ela dizia num dos anteriores capítulos – era deixar felizes a afilhada e o sobrinho, e entendia que o melhor meio de os deixar felizes era casá-los um com o outro. A notícia que tinha do coração da moça, a este respeito, era incompleta ou inexata; pintavam-lhe como frieza o que era repugnância. Mrs. Oswald dava-lhe sempre esperanças de êxito feliz e próximo, as cóleras da moça não lhes contava nunca. Da carta de Jorge não soube, nem da cena havida na alcova. O casamento continuava a aparecer-lhe com todas as probabilidades de uma esperança realizável.

Dirá a leitora que o sobrinho não merecia tanto zelo nem tão pertinaz esperança, e terá razão; mas os olhos da baronesa não são os da leitora; ela só lhe via o lado bom – que era realmente bom – ainda que de uma bondade relativa; mas não via o lado mau, não via riem podia ver-lhe a frivolidade grave do espírito, nem o gênero de afeto que se lhe gerava no coração.

Jorge era o seu único parente de sangue, filho de uma irmã que vivera infeliz e mais infelizmente morrera, não repudiada, mas aborrecida do marido, circunstância que lhe tornava caro aquele moço. Mais do que a afilhada, não; nem tanto, decerto; o coração não chegaria para dividir-se igualmente em tão grandes porções; queria-lhe, porém, muito, quanto bastava para desejá-lo feliz, e trabalhar por fazê-lo. Acrescentemos que o destino da irmã sempre lhe estava presente ao espírito, e que ela receava igual sorte a Guiomar; em Jorge parecia-lhe ver todos os dotes necessários para torná-la venturosa.

Infelizmente, Mrs. Oswald, sabedora daqueles secretos desejos e mais ou menos confidente dos sentimentos de Jorge, achara azada ocasião esta para patentear toda a gratidão de que estava possuída e a profunda amizade que a ligava à família da baronesa. Interpor-se para servir aos outros, e mais ainda a si própria. Viu a dificuldade, mas não desanimou; era preciso armar ao reconhecimento da baronesa. Por isso não hesitou em confiar a Guiomar o desejo da madrinha, exagerando-o, entretanto, porque nunca a baronesa dissera que "tal casamento era a sua campanha", e Mrs. Oswald atribuiu-lhe esta frase mortal para todas as esperanças e sonhos da moça. Mas, se falava demasiado ao pé de uma, era muito mais sóbria de palavras com a outra, e da exageração ou da atenuação da verdade resultara aquele perene estado de luta abafada, de receios, de indecisão e de amarguras secretas. Convém dizer, para dar o último traço ao perfil, que esta Mrs. Oswald não seguia só a voz do seu interesse pessoal, mas também o impulso do próprio gênio, amigo de pôr à prova a natural sagacidade, de tentar e levar a cabo uma destas operações delicadas e difíceis, de maneira que, se houvesse uma diplomacia doméstica – ou se se criassem cargos para ela, Mrs. Oswald podia contar com um lugar de embaixatriz.

Vindo agora à narração dos sucessos da história, cumpre que o leitor saiba, que a carta de Jorge não teve resposta escrita nem verbal. No dia seguinte ao da entrega foi ele jantar a Botafogo; mas Guiomar não saíra do quarto, a pretexto de uma dor de cabeça; a baronesa passou o dia com ela; Jorge apenas conseguiu saber, quando de lá saiu, que a moça ia melhor. Nos subsequentes dias nenhuma resposta foi às mãos do pretendente, nem ele conseguiu haver uns cinco minutos de conversa solitária com a moça; Guiomar esquivava-se sempre, com aquela arte suma da mulher que aborrece, e que é nem mais nem menos igual à da mulher que ama.

Um dia, porém, não houve meio de fugir; e Jorge, que não tinha nenhuma comoção na voz, porque não tinha muita no coração, olhou para ela com olhos direitos e francamente lhe pediu uma palavra de esperança ou de desengano. A moça hesitou alguns segundos; contudo era preciso responder. Venceu a repugnância dizendo-lhe com um frio sorriso:

– Nem uma nem outra coisa.

– Nem desengano? perguntou Jorge alvoroçado.

– Ninguém pode dar nem uma coisa nem outra, disse ela; costumamos aceitá-las do nosso destino.

Não era responder, como vê o leitor; Jorge ia pedir uma decisão mais transparente, mas a moça aproveitara-se da primeira impressão e esquivara-se. Quando ele recobrou a voz não viu mais que a fímbria do vestido, que se perdia na volta de uma porta.

Guiomar encurtou as rédeas à familiaridade que existia entre ela e Jorge; mas, se o tratava com mais reserva, não o fazia com sequidão nem frieza, nem deixava de ser polida e afável. A dignidade natural que havia em toda a sua pessoa servia-lhe, além disso, como de uma torre de marfim, onde ela se acastelava e mantinha em respeito o pretendente.

Dos dois homens que lhe queriam, nenhum lhe falava à alma; ela sentia que Estêvão pertencia à falange dos tíbios, Jorge à tribo dos incapazes, duas classes de homens que não tinham com ela nenhuma afinidade eletiva. Não igualava, decerto, os dois pretendentes; um era simplesmente trivial, outro sentimental apenas; mas nenhum deles capaz de criar por si só o seu destino. Se os não igualava, também os não via com os mesmos olhos; Jorge causava-lhe tédio, era um Diógenes de espécie nova; através da capa rota da sua importância, via-se-lhe palpitar a triste vulgaridade. Estêvão inspirava-lhe mais algum respeito; era uma alma ardente e frouxa, nascida para desejar, não para vencer, uma espécie de condor, capaz de fitar o sol, mas sem asas para voar até lá. O sentimento de Guiomar em relação a Estêvão não podia nunca chegar ao amor; tinha muito de superioridade e perdão.

Com outra índole, aspirações diferentes e vivida em diversa esfera, amá-lo-ia com certeza, do mesmo modo que ele a amava. Mas a natureza e a sociedade deram-se as mãos para a desviar dos gozos puramente íntimos. Pedia amor, mas não o quisera fruir na vida obscura; a maior das felicidades da Terra seria para ela o máximo dos infortúnios, se lhe pusessem num ermo. Criança, iam-lhe os olhos com as sedas e as joias das mulheres que via na chácara contígua ao pobre quintal de sua mãe; moça, iam-lhe do mesmo modo com o espetáculo brilhante das grandezas sociais. Ela queria um homem que, ao pé de um coração juvenil e capaz de amar, sentisse dentro em si a força bastante para subi-la aonde a vissem todos os olhos. Voluntariamente, só uma vez aceitara a obscuridade e a mediania; foi quando se propôs a seguir o ofício de ensinar; mas é preciso dizer que ela contava com a ternura da baronesa.

CAPÍTULO XIV
EX-ABRUPTO

Já o leitor ficou entendendo que a viagem a Cantagalo era obra quase exclusiva de Guiomar. A baronesa relutara a princípio, como das outras vezes fizera, e o comendador pouca esperança tinha já de a ver na fazenda. Mas o voto de Guiomar foi decisivo. Ela fortaleceu, com as suas, as razões do comendador, alegando não só a obrigação em que a madrinha estava de desempenhar a palavra dada, mas ainda a vantagem que lhe podiam trazer aqueles três meses de vida roceira, longe das agitações da corte; enfim, invocou o seu próprio desejo de ver uma fazenda e conhecer os hábitos do interior.

Não havia tal desejo, nem coisa que se parecesse com isso; mas Guiomar sabia que na balança das resoluções da madrinha era de grande peso a satisfação de um gosto seu. O sacrifício duraria três ou quatro meses; ela afrontaria, porém, dez ou doze se tantos fossem necessários, para fugir algum tempo às pretensões de Jorge, sem embargo de lhe repugnar todo o viver que não fosse a vida fastosa e agitada da corte. Eu, que sou o Plutarco desta dama ilustre, não deixarei de notar que, neste lance, havia nela um pouco de Alcibíades – aquele gamenho e delicioso homem de Estado, a quem o despeito também deu forças um dia para suportar a frugalidade espartana.

Infelizmente, Jorge reduziu todos esses cálculos a nada. Ela contava com o seu demasiado apego aos regalos da corte, não contava com as sugestões de Mrs. Oswald, que percebera o plano, e torcera a primeira resolução de Jorge, que era ficar e esperar. O sacrifício da parte dele era compensado pela probabilidade da vitória, a qual não consistia só em haver por esposa uma moça bela e querida, mas ainda em tornar muito mais sumárias as partilhas do que a baronesa deixaria por sua morte a ambos. Esta consideração, que não era a principal, tinha ainda assim seu peso no espírito de Jorge e, sejamos justos, devia tê-lo: possuir era o seu único ofício. Assim era que não só a moça deixava de obter um bem, mas caía de um mal em outro maior; tê-lo ao pé de si, em que as distrações seriam menos prontas e variadas, equivalia a adoecer de fastio e morrer de inanição.

Imagine-se por isso em que estado lhe ficou o espírito depois da declaração de Jorge. Não havia meio de fugir ao pretendente, era preciso tragá-lo. Esta perspectiva abateu-lhe totalmente o ânimo. Uma confidente, em tais situações, é um presente do céu; mas Guiomar não a tinha, e se alguma pessoa lhe merecesse tal confiança, é certo ou quase certo que lhe não diria nada. Suas dores eram altivas, as tristezas de seu coração tinham pudor. Espíritos desta casta ignoram a consolação que há, nas horas de crise, em se repartirem com outro; triste, mas feliz ignorância que lhes poupa muita vez o contato de uma consciência aleivosa e ruim.

No meio do longo refletir, soaram-lhe na memória as palavras de Luiz Alves; ela ouviu-as de novo, tais quais ele as proferira, desde a frase descortês até à expressão respeitosa. Uma era o comentário da outra, e ambas podiam explicar-lhe o caráter de Luiz Alves, se tivesse alguns elementos mais para conhecê-lo; em todo o caso, era a ponta do véu levantada. Embora se lhe não pudesse ler no fundo do espírito, via-se desde já qual era o seu método de ação.

Qualquer outro homem, depois do efeito produzido pela primeira declaração, não se atreveria ou não lhe importaria tentar mais nada para desfazer o projeto da viagem. Mas o espírito de Luiz Alves tinha a obstinação do dogue. Era-lhe necessário que a família da baronesa não saísse da corte; este objeto havia de alcançá-lo a todo o transe. Ele espreitava as ocasiões, aproveitava as circunstâncias, tinha a habilidade de intercalar o pedido em qualquer retalho de conversação, no qual menos apropriado pareceria a qualquer outro. Jorge aplaudia-o com as forças todas de que podia dispor o seu interesse. A baronesa opunha às sugestões do advogado a resistência mole e atada de quem deseja aquilo mesmo que recusa.

– O doutor é terrível, dizia ela. Em se lhe metendo uma coisa na cabeça, ninguém mais o tira daí.

– Justamente, é uma ideia fixa. Sem ideia fixa não se faz nada bom neste mundo.

Guiomar sustentava a resolução da madrinha, posto não o fizesse amiúdo, nem no mesmo tom seco e imperioso da primeira noite. Seu impulso era ser coerente; ao mesmo tempo não queria parecer aos olhos de Luiz Alves que lhe aceitava o concurso para obter o que aliás desejava de todo o coração; seria lavá-lo da primeira culpa.

O argumento que mais influía no ânimo de todos, o que devera ter afastado a ideia de semelhante viagem, era o perigo de afrontar o cólera-morbo que por aquele tempo percorria alguns pontos do interior. Um dia de manhã soube-se que em Cantagalo havia aparecido o terrível inimigo. Desta vez Luiz Alves triunfou sem dizer palavra; a baronesa recuou diante daquele fato brutal.

A viagem desfez-se, pois, a contento de todos, salvo talvez de Mrs. Oswald, que receava muito da mocidade casadeira da corte, e dos belos olhos castanhos de Guiomar. Mrs. Oswald temia ver surgir a cada passo um novo inimigo emboscado em algum teatro ou baile, ou quando menos na Rua do Ouvidor, e não via que o inimigo novo podia ser que estivesse literalmente ao pé da porta. A sagacidade da inglesa desta vez foi um tanto míope. A razão é que Luiz Alves, em todos aqueles seus preliminares, houve-se com habilidade; longe de procurar a moça, parecia nada haver alterado nos seus sentimentos, nem desejar mudar a espécie de relações que até ali mantinha. Guiomar, entretanto, não podia deixar de comparar aquela espécie de atenciosa indiferença que havia dele para ela, com as palavras que anteriormente lhe ouvira, e o resultado da comparação não lhe parecia muito claro.

Na noite do mesmo dia em que ficou assentado diferir a viagem para melhores tempos, achavam-se em casa da baronesa algumas pessoas de fora; Guiomar, sentada ao piano, acabava de tocar, a pedido da madrinha, um trecho de ópera da moda.

– Muito obrigada, disse ela à Luiz Alves que se aproximara para dirigir-lhe um cumprimento. Está alegre! Parece que é a satisfação de me haver malogrado o maior desejo que eu tinha nesta ocasião.

– Não fui eu, disse ele, foi a epidemia.

– Sua aliada, parece.

– Tudo é aliado do homem que sabe querer, respondeu o advogado dando a esta frase um tanto enfática o maior tom de simplicidade que lhe podia sair dos lábios.

Guiomar curvou a cabeça e esteve alguns instantes a perpassar os dedos pelas teclas, enquanto Luiz Alves, tirando de cima do piano outra música, dizia-lhe:

– Podia dar-nos este pedaço de Bellini, se quisesse.

Guiomar pegou maquinalmente na música e abriu-a na estante.

– Era então vontade sua? perguntou ela continuando o assunto interrompido do diálogo.

– Vontade certamente, porque era necessidade.

– Necessidade – tornou ela começando a tocar, menos por tocar que por encobrir a voz; mas necessidade por quê?

-Por uma razão muito simples, porque a amo.

A música estacou. Guiomar erguera-se de um salto. Mas nem o gesto da moça, nem a surpresa das outras pessoas perturbou o advogado; Luiz Alves inclinou-se para o mocho, como a consertá-lo, e voltando-se para Guiomar, disse-lhe graciosamente:

-Pode sentar-se agora; está seguro.

Guiomar sentou-se outra vez muda, despeitada, a bater-lhe o coração como nunca lhe batera em nenhuma outra ocasião da vida, nem de susto, nem de cólera, nem... de amor, ia eu a dizer, sem que ela o houvesse sentido jamais. Não se demorou muito tempo ali; com a mão trêmula folheou a música que estava aberta na estante, deixou-a logo e levantou-se.

Nestes derradeiros movimentos ninguém reparou; e se alguém pudesse reparar em alguma coisa, a moça tomara a peito desvanecer todas as suspeitas. A primeira impressão fora profunda, mas Guiomar tinha força bastante para dominar-se e fechar todo o sentimento no coração.

O que se passou depois, quando, livre de olhos estranhos, pôde entregar-se a si mesma, isso ninguém soube, a não serem as paredes mudas do quarto, ou o raio de lua coado pelo tecido raro das cortinas das janelas, como a espreitar aquela alma faminta de luz. Soube-o, talvez, o seu espelho, quando no dia seguinte lhe refletiu o rosto desfeito e os olhos quebrados. Se foi a meditação noturna que os amoleceu e apagou, não o perguntou ele, naturalmente porque o sabia; mas talvez advertiu consigo que se eram assim mais belos, pediam outro rosto em que caíssem melhor. O de Guiomar queria-os como eles eram, severos, firmes e brilhantes.

A baronesa também não deixou de ver que a afilhada não acordara com o mesmo ar do costume; achou-a taciturna e distraída.

– Eu, madrinha? perguntou Guiomar simulando um sorriso de admiração.

– Será engano de meus olhos.

– Não é outra coisa; estou como sempre, como ontem, como amanhã. Passei a noite um pouco mal, é verdade; mas o que tive desapareceu inteiramente. A prova...

Guiomar parou neste ponto, chegou-se à madrinha e deu-lhe um beijo.

– A prova, continuou ela, é que ainda hoje me acha bonita, não é?

– Criança! respondeu a baronesa, dando-lhe uma pancadinha na face.

A tranquilidade da moça era simulada; apenas a madrinha voltou as costas, cobriu-se-lhe o rosto com o mesmo véu. Ela aprendera desde criança a disfarçar as suas preocupações.

Quanto a Luiz Alves, posto houvesse contado com o seu método cru e abrupto, saiu dali sem plena certeza do resultado. Esta incerteza abalou-o mais do que ele supunha; e foi, sem dúvida, a primeira ocasião em que sentiu que a amava deveras, ainda que o seu amor fosse como ele mesmo: plácido e senhor de si. No dia seguinte, Estêvão interrogou-o a respeito de Guiomar.

– Creio, disse ele depois de refletir alguns instantes – creio que por ora não deves perder as esperanças todas.

CAPÍTULO XV

EMBARGOS DE TERCEIRO

Durante três dias deixou Luiz Alves de ir à casa da baronesa, estando aliás a morrer por isso. Entrava, porém, no plano esta ausência; era das instruções que ele mesmo dera ao seu coração; não havia remédio senão observá-las.

No quarto dia recebeu um bilhete da baronesa que o cumprimentava pela eleição. A mala do Norte chegara, e com ela a notícia da vitória eleitoral. Estava Luiz Alves deputado; ia enfim dar a sua demão no fabrico das leis. Estêvão foi o primeiro que o felicitou; era o antigo companheiro dos bancos da academia; tanto ou mais do que os outros devia aplaudir aquela boa fortuna. Não lhe escondeu, entretanto, a inveja que ela lhe metia:

-Deputado! suspirou ele. Oh! eu também podia ser deputado.

Estêvão dizia isto, como a criança deseja o dixe que vê no colo de outra criança, nada mais. Eram os seus sonhos de outrora, que renasciam tais quais eram, inconsistentes, vagos, prestes a dissiparem-se com o primeiro raio da manhã.

Luiz Alves apressou-se a ir agradecer à baronesa a felicitação. Guiomar teve um leve estremecimento quando o viu, mas recebeu-o tranquila e risonha, quase indiferente. O advogado era hábil; não a perseguiu com os olhos; sobre acordar a atenção das demais pessoas, era seguir o método comum. Ele não queria parecer-se com os outros.

Guiomar, entretanto, observava-o a espaços, de revés, como a querer surpreendê-lo; a pouco e pouco, porém, o seu olhar foi sendo mais direito e firme. O de Luiz Alves era natural e igual como antes era, como era ainda agora com todos.

Ao sair, junto à porta de uma sala, onde acaso a topou, Luiz Alves teve ocasião de lhe dizer esta simples palavra:

– Perdoou-me?

A moça retirou a mão, que ele tinha presa na sua, e furtou o corpo, ao mesmo tempo em que lhe caíam as pálpebras.

– Perdoou-me? repetiu ele.

Guiomar retirou-se sem dizer palavra. Luiz Alves esperou que ela desaparecesse e saiu. A moça, entretanto, ficou irritada por nada lhe ter respondido, sendo verdade que nada achou nem acharia talvez que lhe responder; mas arrependeu-se e pensou longo tempo naquilo.

Quer dizer que o amava? Quer dizer que estava prestes a isso. A arraiada branqueava o céu, tingiria depois o cimo dos montes, entornar-se-ia enfim pela encosta abaixo, até aparecer o sol – o sol contemporâneo de Adão, e do último homem que há de vir.

Dali a dias, entrando Luiz Alves em casa da baronesa, teve a boa fortuna de encontrar a moça sozinha, na sala do trabalho, donde a baronesa se ausentara cinco minutos antes. Mrs. Oswald achava-se fora. Era a hora da tardinha; o dia estava prestes a afogar-se no seio da noite.

Guiomar, molemente sentada numa cadeira baixa, tinha um livro aberto sobre os joelhos e os olhos no ar. Luiz Alves surpreendeu-a nessa atitude meditativa, mais bela do que nunca, porque assim, e àquela hora, e com o vestido meio escuro que lhe realçava a cor de leite da face, tinha um quê de gracioso e severo, ao mesmo tempo, que parecia buscado de propósito para recebê-lo.

– Minha madrinha já vem, disse Guiomar logo depois de lhe estender a mão, que ele apertou e sentiu um pouco trêmula.

– Talvez daqui a cinco minutos, disse ele; é bastante para decidir o meu destino. Duas vezes lhe perguntei se me perdoara; pela terceira lhe peço que me responda; custa pouco uma única palavra; custa menos ainda, um único gesto.

A moça olhou algum tempo para o livro que tinha diante de si. A manhã, porém, era já alta no coração de Guiomar, a claridade intensa, o sol quente e vivo, porque ela não olhou muito tempo para o livro, nem hesitou mais do que era natural e exigível naquela ocasião. Dois minutos depois fez o gesto, um gesto só, mas ainda mais eloquente do que se ela falasse – estendeu-lhe a mão.

Luiz Alves apertou-lhe entre as suas.

A comoção era natural em ambos; ali estiveram alguns instantes calados, ele com os olhos fitos nela, ela com os seus no chão. As mãos toca-

vam-se e os corações palpitavam uníssonos. Decorreram assim cinco breves minutos. Ela foi a primeira que rompeu o silêncio.

– Um gesto, um só gesto, e é o meu destino que lhe entrego com ele, disse Guiomar olhando em cheio para o moço.

– Ainda não. Se os nossos destinos se ligarem, estou convencido de que o meu amor, pelo menos, terá a virtude de a tornar feliz. Mas nada está feito ainda, e se eu fui breve e apressado na confissão, não o desejo ser na consagração que lhe peço.

Luiz Alves calara-se; a moça olhava para ele como buscando entendê-lo.

– Sim, continuou ele; melhor é que não ceda a um instante de entusiasmo. Minha vida é sua; todo o meu destino está nas suas mãos.... Contudo, não quero surpreender-lhe o coração neste momento; no dia em que me julgar verdadeiramente digno de ser seu esposo, ouvi-la-ei e segui-la-ei.

A resposta da moça foi apertar-lhe as mãos, sorrir, e embeber os seus olhos nos dele. O passo da baronesa interrompeu esta contemplação.

Guiomar amava deveras. Mas até que ponto era involuntário aquele sentimento? Era-o até o ponto de lhe não desbotar à nossa heroína a castidade do coração, de lhe não diminuirmos a força de suas faculdades afetivas. Até aí só; daí por diante entrava a fria eleição do espírito. Eu não a quero dar como uma alma que a paixão desatina e cega, nem fazê-la morrer de um amor silencioso e tímido. Nada disso era, nem faria. Sua natureza exigia e amava essas flores do coração, mas não havia esperar que as fosse colher em sítios agrestes e nus, nem nos ramos do arbusto modesto plantado em frente de janela rústica. Ela queria-as belas e viçosas, mas em vaso de *sevres*, posto sobre móvel raro, entre duas janelas urbanas, flanqueado o dito vaso e as ditas flores pelas cortinas de caxemira, que deviam arrastar as pontas na alcatifa do chão.

Podia dar-lhe Luiz Alves este gênero de amor? Podia; ela sentiu que podia. As duas ambições tinham-se adivinhado, desde que a intimidade as reuniu. O proceder de Luiz Alves, sóbrio, direto, resoluto, sem desfalecimentos, nem demasias ociosas, fazia perceber à moça que ele nascera para vencer, e que a sua ambição tinha verdadeiramente asas, ao mesmo tempo que as tinha ou parecia tê-las o coração. Demais, o primeiro passo do homem público estava dado; ele ia entrar em cheio na estrada que leva os fortes à glória. Em torno dele ia fazer-se aquela luz, que era a ambição da moça, a atmosfera que ela almejava respirar. Estêvão dera-lhe a vida sentimental – Jorge a vida vegetativa; em Luiz Alves via ela combinadas as afeições domésticas com o ruído exterior.

Uma vez entendidos, é difícil que dois corações se encubram, pelo menos aos olhos mais sagazes. Os de Mrs. Oswald eram dos mais finos. A inglesa percebeu dentro de pouco tempo que entre eles havia alguma coisa. Interrogar a moça era inútil, sobre, perigoso; seria ir, de coração leve, em busca de ódio, talvez. Todavia se ainda fosse possível salvar tudo? Guiomar resistiria dificilmente a um desejo da madrinha; era possível vencê-la por esse lado.

Mrs. Oswald concebeu então um projeto insensato, que lhe pareceu aliás excelente e de bom aviso. O desejo de servir a baronesa e levar uma ideia ao fim tapou-lhe os olhos da razão. Ela foi diretamente a Jorge.

– Sabe o que me está parecendo? disse ela. Parece-me que há mouro na costa.

– Mouro na costa! exclamou Jorge com uma tal expressão de desgosto, que era fácil compreender o fundo de suspeita já existente em seu espírito.

– Nada menos, disse a inglesa; mas um mouro que se pode capturar.

E a inglesa expôs um plano completo que o sobrinho da baronesa ouviu um tanto perplexo. O plano consistia em ir Jorge pedir a moça à baronesa, em presença dela própria. A baronesa, que nutria o desejo de os ver casados, não deixaria de fazer pesar o seu voto na balança, e era muito difícil que a gratidão de Guiomar não decidisse em favor de Jorge.

– A gratidão... e o interesse, continuou ela. Devemos contar também com o interesse, que é um grande conselheiro íntimo. Ela não há de querer sacrificar a afeição da madrinha, que para ela vale...

– Oh! que triste lembrança! interrompeu Jorge, recuando diante da ideia de Mrs. Oswald.

A inglesa sorriu – e deixou por mão aquele argumento; firmou-se, porém, no da afeição.

Guiomar não se oporia a um desejo da madrinha; era urgente dar-lhe o golpe. Jorge não se atrevia a surpreender por esse meio a aquiescência da moça; mas acreditava na eficácia dele, e sobretudo receava perder a causa. Uma vez que a vencesse, tudo podia confiar do tempo e do seu amor.

O conselho foi seguido pontualmente. De noite, em presença da baronesa à hora da despedida – porque ele hesitara a maior parte do tempo – praticou Jorge aquele ato insensato de declarar à moça que a amava e de lhe pedir a mão. A tia sorriu de contentamento, mas teve a prudência de não proferir nada enquanto Guiomar, empalidecendo, nada dizia, porque nada achava que dizer.

O silêncio durou cerca de três ou quatro minutos, um silêncio acanhado e vexado, em que nenhum deles se atrevia a reatar a conversação. A baronesa, pela sua parte, imaginava que os dois estavam enfim entendidos, e que a declaração era autorizada pela moça.

O enleio de Guiomar não era dos que pudessem dar cabimento a esta suposição; mas a boa senhora via com os olhos dos seus bons desejos.

– Pela minha parte, declarou enfim a baronesa, não me oponho; estimaria muito que acabassem por aí. Mas é negócio do coração; devo esperar a resposta de Guiomar.

E voltando-se para a afilhada:

– Pensa e resolve, minha filha, disse ela; e se fores feliz, sê-lo-ei ainda mais do que tu.

Duas vezes pairou a negativa nos lábios da moça; mas a língua não se atrevia a repetir a palavra do coração. No fim de alguns instantes:

– Refletirei, respondeu ela beijando a mão à madrinha; e continuou voltando-se para Jorge: - Boa noite! Até amanhã.

CAPÍTULO XVI

A CONFISSÃO

Na mesma noite em que Jorge, cedendo às sugestões de Mrs. Oswald, tentava o último recurso que no entender da inglesa havia, achava-se Luiz Alves em casa, comodamente sentado numa poltrona de couro, defronte da janela com os olhos no mar e o pensamento nas suas duas candidaturas vencidas. Meia-noite estava a pingar; uma pessoa descia de um tílburi e batia-lhe à porta.

Era Estêvão.

Luiz Alves naturalmente admirou-se de o ver ali àquela hora, mas Estêvão explicou-lhe tudo.

– Venho passar meia hora contigo, ou a noite toda se quiseres. Estava em casa aborrecido, a pensar... bem sabes em quê...

– Nela? interrompeu Luiz Alves.

– Agora e sempre.

Luiz Alves torceu o bigode e olhou três ou quatro vezes para o colega, enquanto este tirava o chapéu e dispunha-se a ir buscar uma cadeira para sentar-se ao pé do outro.

– Estêvão, disse Luiz Alves depois de alguns instantes de reflexão, e voltando a poltrona para dentro, ouve-me primeiro e resolverás depois se ficas a noite ou se te vais embora imediatamente. Talvez escolhas este último alvitre.

– Vais falar-me de Guiomar?

– Justamente.

Estêvão sentou-se defronte de Luiz Alves. Seu coração batia apressado; dissera-se que toda a sua vida pendia dos lábios do amigo. Houve um instante de silêncio.

– Nenhuma... nenhuma esperança então? murmurou Estêvão.

– Disseste a fatal palavra! exclamou Luiz Alves. Sim, não tens nenhuma esperança.

– Mas... como sabes?

– Não me interrogues; eu não poderia dizer-te tudo o que há. Poupa-me, ao menos, esse triste dever.

Estêvão sentiu arrasarem-se-lhe os olhos d'água. Quis falar, mas as palavras iam-lhe saindo envoltas em soluços.

Luiz Alves fumava tranquilamente, acompanhando com os olhos os rolinhos de fumo que lhe fugiam da ponta do charuto. Este silêncio durou cerca de dez minutos. O mar batia compassadamente na praia. A voz da onda e o latido de um cão ao longe eram os únicos sons que vinham quebrar a mudez daquela hora solene para um desses dois homens que ia perder até o repouso da esperança.

Estêvão foi o primeiro que falou:

– Ama a outro, não é? perguntou ele com a voz trêmula.

– Ama, respondeu surdamente Luiz Alves.

Estêvão ergueu-se e deu alguns passos na sala, sem dizer palavra, a morder a ponta do bigode, parando às vezes, outras traduzindo com um gesto desordenado os sentimentos que lhe tumultuavam no coração. A dor devia ser grande, mas a manifestação já não era a mesma que o leitor lhe viu, dois anos antes, quando ele foi confiar ao amigo o primeiro desengano de Guiomar.

– Parece-me que eu adivinhava isto mesmo, disse ele, enfim, parando em frente de Luiz Alves. Este desejo que me acometeu de vir aqui, a esta hora, sem certeza de encontrar-te, era mais um benefício do meu destino. Devia esperá-lo. Que vida tem sido a minha, Luiz! Agarrei-me, nem sei por quê, à esperança de ser amado por ela, de a vencer pela piedade, ou pelo remorso, ou por qualquer outro motivo que fosse – o motivo importava pouco... O essencial é que ela me pagasse em ternura e amor todas as dores que curti, as lágrimas todas que tenho devorado em silêncio... E era só essa esperança que ainda me dava forças... que me fazia crer feliz, como pode sê-lo um desgraçado, como podia sê-lo eu, que nasci debaixo de ruim estrela... Oh! se tu souberas... Não, não sabes, nem ela também, ninguém sabe nem saberá nunca tudo quanto tenho padecido, tudo quanto...

Interrompeu-se. Duas lágrimas, espremidas do fundo do coração, saltaram-lhe dos olhos e desceram-lhe rápidas a perder-se entre os cabelos raros e finos da barba. Ele sentiu que outras podiam vir, e foi sentar-se num sofá, meio voltado de costas para Luiz Alves. As outras vieram, porque o coração ainda as tinha para as dores supremas; mas correram-lhe silenciosas, sem um soluço, sem uma queixa única.

Luiz Alves levantara-se e chegara à janela. Seu espírito, apesar de frio e quieto, parecia agora um pouco alvoroçado. Não era dor; e não sei se lhe podia chamar remorso. Mal-estar apenas, e comiseração. O coração era capaz de afeições; mas, como ficou dito no primeiro capítulo, ele sabia regê-las, moderá-las e guiá-las ao seu próprio interesse. Não era corrupto nem perverso; também não se pode dizer que fosse dedicado nem cavalheiresco; era, ao cabo de tudo, um homem friamente ambicioso.

Estêvão levantara-se outra vez e pegara no chapéu.

– Vem cá, disse Luiz Alves entrando e indo ter com ele; vejo que estás mais homem do que antes. Resta que o sejas completamente; varre da memória e do coração tudo o que possa referir-se...

– Que remédio! interrompeu Estêvão sorrindo amargamente; que remédio tenho eu senão esquecê-la! Mas quando?

– Mais breve talvez do que supões...

Luiz Alves não acabou; Estêvão olhara para ele com um gesto de espanto e fora sentar-se outra vez.

– Mais breve do que suponho! exclamou ele. Tu não tens coração: não tens sequer observação nem memória. Não vês, não sentes que esta paixão é o sangue do meu sangue, a vida da minha vida? Esquecê-la! Era bom se eu a pudesse esquecer; mas a minha má sina até essa esperança me arranca, porque este padecer íntimo, constante, há de ir comigo até à morte...

Desta vez era Luiz Alves que passeava de um lado para outro. Em seu espírito despontava uma ideia, que ele examinava, a ver se a poria ali mesmo em execução. Era dizer-lhe tudo. Estêvão viria a sabê-lo mais tarde; melhor era que o soubesse logo e por ele. Ao mesmo tempo refletia na exaltação dos sentimentos do rapaz; a dor certamente se lhe agravaria, em sabendo que era ele o preferido de Guiomar. O coração, que perdoaria a um estranho, condenaria ao amigo.

Estêvão, assentado, com os olhos no teto, parecia entregue às suas reflexões, mas só parecia, porque ele não pensava, evocava antigas memórias, fazia surgir diante de seus olhos a figura gentil de Guiomar, sentia-lhe o império dos belos olhos castanhos, ouvia-lhe a palavra doce e aveludada entornar-se-lhe no coração, não evocava só, criava também, pintava coma imaginação a felicidade que lhe poderia dar a moça, se entre todos os homens o escolhera, se eles dois vinculassem os seus destinos. Ele via-a ao pé de si, cingia-lhe o braço em volta da cintura, enchia-lhe de beijos os cabelos, tudo isto em meio de uma paisagem única na terra, porque a abundância da natureza cresceria ao contato daquele sentimento puro, casto e eterno. Não falo eu, leitor; transcrevo apenas e fielmente as imaginações do namorado; fixo nesta folha de papel os voos que ele abria por esse espaço fora, única ventura que lhe era permitida.

No meio dessas visões foi acordá-lo Luiz Alves.

– Tens razão de sentir, disse este; mas não gastes o coração, que há maiores surpresas na vida... Em todo caso, deixa-me dizer-te que nenhuma razão tens de censura...

– Censuro eu alguém?

– Há no amor um gérmen de ódio que pode vir a desenvolver-se depois. Talvez chegues a acusá-la de te não querer; nesse dia reflete que os movimentos do coração não estão nas mãos da vontade. Ela não tem culpa se outro lhe despertou o amor.

– Ah! Incumbiu-te da defesa!

Luiz Alves sorriu; ele contava com a recriminação.

– Não, não me incumbiu da defesa, disse ele; sou eu que a tomo por minhas mãos. Que defendo eu aqui senão a natureza, a razão, a lógica dos sentimentos, dura e inflexível como toda a outra lógica? Há no fundo das tuas palavras um sentimento de egoísmo...

– O amor não é outra coisa, respondeu Estêvão sorrindo por sua vez. Queres que inda em cima lhe agradeça este desespero? Queres que vá apertar a mão ao homem que a soube vencer?

Luiz Alves mordeu a ponta do lábio e acercou-se da janela. Quando ia a voltar para dentro ouviu um rumor na janela ao pé, a primeira da casa da baronesa. Luiz Alves deu um passo mais. Não viu ninguém; viu apenas o resto de um vestido que fugia e um objeto que lhe caía aos pés. Inclinou-se a apanhá-lo. Era uma grande folha de papel envolvendo, para lhe dar mais peso, outra folha pequena dobrada em quatro. Luiz Alves aproximou-se da luz, e leu rapidamente o que ali vinha escrito. Leu, meteu o papel na algibeira e encaminhou-se disfarçadamente para a janela. Ninguém; a casa da baronesa dormia.

Quando voltou para dentro, Estêvão tinha-se levantado. Ele vira cair o papel, apanhá-lo e lê-lo Luiz Alves. Não entendeu nada do que se passara; mas seu olhar como que pedia uma explicação.

Luiz Alves foi direito ao fim.

– Estêvão, disse ele, vais saber a verdade toda; não poderia ocultar-te o que se há passado, nem conviria talvez que tu a soubesses por boca de outro. Guiomar podia amar-te, eras digno dela, e ela digna de ti; mas a natureza não os fez um para o outro. São duas almas excelentes que seriam infelizes unidas. Quem há aqui que censurar? Mas se a natureza explica o sentimento dela, igualmente explica o de um terceiro, que sou eu. Tu confiaste-me as dores e as esperanças de teu coração; era conhecer toda a minha amizade e a profunda estima que sempre te consagrei. Mas nem tu nem eu contávamos comigo; porque também eu tenho coração, e os prestígios da beleza também falam à minha alma. Não a pude ver a frio. A paixão obscureceu-me. Nesta minha felicidade de amar e ser amado, acredita que sou alguma coisa infeliz, porque há lágrimas tuas, há o teu padecer longo e cruel, que eu imagino e deploro. A confissão é franca; não te falo em arrependimento, porque são atos do coração e não da consciência, que essa é pura e honrada. E depois desta exposição fiel, cuido que lastimarás comigo o encontro em que o acaso ou a má sorte nos reuniu a todos três; mas não me acusarás nem me recusarás a tua velha estima. Falo só da estima; a amizade, creio que não poderá ser a mesma. Mas prezarás o meu caráter. Pela minha parte, nem uma nem outra coisa perece; sei o que vales. Não sei aonde nos lançará a onda do destino amanhã. Pela última vez, porém, espero que apertarás a mão do teu amigo.

Luiz Alves concluíra estendendo-lhe a mão. Estêvão olhou para ele, mas não disse uma só palavra, não fez um gesto único: caminhou para a porta e saiu.

– Estêvão! gritou Luiz Alves.

Mas só lhe respondeu o rumor dos pés que desciam, e pouco depois o do tílburi que rolava surdamente na terra úmida da praia.

Luiz Alves levantou secamente os ombros; chegou-se à luz e releu o escrito.

CAPÍTULO XVII

A CARTA

Não era preciso reler o papel para entendê-lo; mas olhos amantes deliciam-se com letras namoradas. O papel continha uma palavra única: – *Peça-me* – escrita no centro da folha, com uma letra fina, elegante, feminina. Luiz Alves olhou algum tempo para o bilhete, primeiramente como namorado, depois como simples observador. A letra não era trêmula, mas parecia ter sido lançada ao papel em hora de comoção.

Desta observação passou Luiz Alves a uma reflexão muito natural. Aquele bilhete, pouco conveniente em quaisquer outras circunstâncias, estava justificado pela declaração que ele próprio fizera à moça alguns dias antes, quando lhe pediu que o conhecesse primeiro, e que no dia em que o julgasse digno de o tomar por esposo, ele a ouviria e acompanharia. Mas se isto era assim em relação ao bilhete, não o era em relação à hora. Que motivo obrigaria a moça a deitar-lhe da janela, à meia-noite, aquele papel decisivo, eloquente na mesma sobriedade com que o escrevera?

Luiz Alves concluiu que havia alguma razão urgente e, portanto, que era preciso acudir à situação com os meios da situação. Quanto à razão em si, não a pôde descobrir. Ocorreu-lhe o fato, aliás patente, da corte que o sobrinho da baronesa fazia a Guiomar, mas ignorava as circunstâncias que lhe eram relativas, e não pôde passar além.

Não direi que Luiz Alves gastasse a noite a cavar fundo no terreno das conjecturas vagas. Não era homem que perdesse tempo em coisas inúteis; e nada mais inútil naquela ocasião do que tentar explicar o que nenhuma explicação podia ter para ele. O que resolveu foi obedecer ao recado da moça; pedi-la sem hesitação nem preâmbulo. Mas se o caso lhe não produziu insônia, não deixou de lhe estender a vigília, além da hora usual, como era de jeito naquela ocasião solene, sobretudo, tratando-se de criatura que por aqueles tempos era a inveja e a cobiça de muitos olhos. Luiz Alves não era como Estêvão, um adorável cismador, não se nutria de imaginações e devaneios, alimento que funde pouco ou nada, mas cismou algum tempo, embebeu-se uma hora na contemplação ideal da mulher que ele soubera escolher. O sono chegou, e o devaneio confundiu-se com o sonho.

Guiomar dormiria tão repousadamente como ele? Dormia; a noite, porém, fora-lhe muito mais agitada e amarga, como era natural depois da declaração de Jorge e das insinuações da madrinha.

A moça recolhera-se ao quarto, logo depois da declaração. As pessoas da casa nada puderam ler-lhe no rosto, salvo a palidez repentina e o rubor que se lhe seguiu; mas, logo que ela se achou só, deu toda a expansão aos sentimentos que até ali pudera conter.

O primeiro deles era o despeito; Guiomar sentia-se humilhada com aquela declaração, assim feita, de emboscada e sobressalto, para arrancar-se-lhe um consentimento que o coração e a índole repeliam. Nenhuma consulta, nenhuma autorização prévia; parecia-lhe que a tratavam como ente absolutamente passivo, sem vontade nem eleição própria, destinado a satisfazer caprichos alheios. As palavras da madrinha desmentiam esta suposição; mas, a notícia que ela tinha da resolução da baronesa, neste negócio, diminuía muito o valor de tais palavras. Se era uma campanha, como dissera Mrs. Oswald, queriam constrangê-la com aparências de moderação, e o tempo que lhe deixavam para refletir era-o realmente para considerar, sozinha consigo, na necessidade de pagar os benefícios que recebera.

Não a acusem de ter feito estas reflexões, logo que entrou no quarto, com os olhos cintilantes e os lábios frios de cólera. Eram naturais; primeiramente porque supunha que o seu casamento com Jorge estava deliberado e se realizaria, quaisquer que fossem as circunstâncias; depois, porque a alma dela era melindrosa; não esquecia os benefícios recebidos, mas quisera que lhes não lembrassem por meio de uma violência: fazê-lo era o mesmo que lançar-lhes em rosto.

– Não! murmurara enfim a moça, forçar-me, reduzir-me à condição de simples serva, nunca.

Mas esta cólera apaziguou-se, e o coração venceu o coração. Guiomar recordou constante ternura da baronesa para com ela, a solicitude com que lhe satisfazia os seus menores desejos, que eram ali ordens, e não combinava tamanho amor com a suposta violência que lhe queria fazer. Não tardou em arrepender-se das palavras incoerentes que lhe haviam fugido, e dos sentimentos maus que atribuíra ao coração da baronesa. Cruzou as mãos no peito e ergueu o pensamento ao céu, corno a pedir-lhe perdão. Guiomar, em meio das seduções da vida, que tantas eram para ela e de todo lhe levavam os olhos, não perdera o sentimento religioso, nem esquecera o que lhe havia ensinado a fé ingênua e pura de sua mãe.

A cólera acabara, mas veio depois a luta entre a gratidão e o amor – entre o noivo que lhe propunha a afeição da madrinha e o que o seu próprio coração escolhera. Ela nem ousava tirar as esperanças à baronesa, nem imolar as suas próprias – e uma de duas coisas era preciso que fizesse naquela solene ocasião. O que sentiu e pensou foi longo e cruel; mas se tal duelo podia travar-se-lhe na alma, não era duvidoso o resultado. O resultado devia ser um. A vontade e a ambição, quando verdadeiramente dominam, podem lutar com outros sentimentos, mas hão de sempre vencer, porque elas são as armas do forte, e a vitória é dos fortes. Guiomar tinha de decidir por um dos dois homens que lhe propunha o seu destino; elegeu o que lhe falava ao coração.

A resposta, porém, não podia a moça demorá-la nem esquivá-la, não convinha, talvez, prolongar a luta e a dúvida. Quando isto pensou, veio-lhe ao espírito uma ideia decisiva, a de confessar tudo à madrinha. Hesitou, porém, entre fazê-lo ela própria ou por boca de Luiz Alves, cujas palavras, apontadas acima, trazia escritas na memória. Preferia este meio; mas não lhe bastava preferi-lo, era mister realizá-lo, e para isso só dois modos tinha, escrever-lhe ou falar-lhe. O segundo podia não ser tão pronto, e talvez falhasse ocasião apropriada; adotou o primeiro, e recuou logo. A carta seria mandada por um fâmulo, mas o espírito de Guiomar era a tal ponto sobre si que repeliu semelhante intervenção. A janela estava aberta; dali viu luz na sala de Luiz Alves e a sombra do moço, que passeava de um lado para outro. Ocorreu-lhe então a ideia que pôs por obra, conforme ficou dito no capítulo anterior.

Tal é a história daquela palavra escrita rapidamente numa folha de papel. Apesar da declaração de Luiz Alves e das circunstâncias em que a moça se achou, o leitor facilmente compreenderá que ela não a escreveu sem pelejar consigo mesma, sem vacilar muito entre a repugnância e a necessidade. Afinal foram vencidos os escrúpulos, que é tanta vez o seu destino deles, e força é dizer que não os vencem nunca de graça, porque eles falam, arrazoam, obstam o mais que podem, mas é vulgar passaremlhes por cima. A moça, entretanto, apenas lançara a carta, arrependeu-se; a dignidade teve remorsos; a consciência quase a acusava de uma ação vil. Era tarde, a carta chegara a seu destino.

Na manhã seguinte, a baronesa acordou mais alegre que de costume. Cuidara ver em Guiomar, na noite anterior, alguma coisa que só lhe pareceu enleio natural da situação. Guiomar erguera-se tarde; a manhã estava chuvosa e a madrinha não deu o seu passeio. A moça foi beijar-lhe a mão e a face, como costumava, e receber dela o ósculo materno. O rosto parecia cansado, mas um véu de afetada alegria disfarçava-lhe a expressão natural, à semelhança das posturas de toucador, de maneira que a baronesa, pouco ledora de fisionomias, não discerniu naquela a verdade da impostura. Impostura, digo eu, devendo entender-se que é honesta e reta, porque a intenção da moça não era mais do que não amargurar a madrinha, e tirar-lhe motivo a qualquer aflição antecipada.

– Dormiu bem a minha rainha de Inglaterra? perguntou Mrs. Oswald, pondo-lhe familiarmente as mãos nos ombros.

– A sua rainha de Inglaterra não tem coroa, respondeu Guiomar com um sorriso contrafeito.

Pela volta do meio-dia, recebeu a baronesa uma carta de Luiz Alves. Abriu-a e leu-a. O advogado pedia-lhe a mão de Guiomar. Poucas linhas, cortesas, símplices, naturais, feitas por quem parecia senhor da situação.

– Mrs. Oswald, disse a baronesa à sua dama de companhia que se achava na mesma sala, leia isto.

A inglesa obedeceu.

– Isto não quer dizer nada, observou ela depois de alguns instantes. É um pretendente mais; devemos crer, porém, que são muitos, e que se os outros não lhe escrevem cartas destas, é porque são menos afoitos. A senhora baronesa pensa que os olhos de sua afilhada são inocentes? continuou a inglesa sorrindo. Eu cuido que devem estar carregados de crimes, e que há mortos.

– Mas não vê, Mrs. Oswald, interrompeu a baronesa, que esse homem parece estar autorizado?

Mrs. Oswald calou-se como quem refletia. Logo depois expôs uma série de argumentos e considerações, se não graves em substância, pelo menos nas roupas com que ela os vestia, umas roupas seriamente britânicas, como as não talharia melhor a melhor tesoura da Câmara dos Comuns, toda ela dava ares de um argumento vivo e sem réplica. Havia em seus cabelos, entre louro e branco, toda a rigidez de um silogismo; cada narina parecia uma ponta de um dilema. A conclusão de tudo é que nada estava perdido, e que a felicidade de Jorge era coisa não só possível, mas até provável, uma vez que a baronesa mostrasse – era o essencial – certa resolução de ânimo muito útil e até indispensável naquela ocasião. Mrs. Oswald oferecia-se para ir chamar a moça imediatamente.

– Pois vá, vá! disse a baronesa.

A inglesa saiu dali e foi ter com Guiomar. Quando a viu de longe compôs um sorriso, e Guiomar, vendo-a sorrir, sentiu como que um movimento interno de repulsa.

– Venho buscá-la, disse Mrs. Oswald, para uma coisa que a senhora está longe de imaginar.

Guiomar interrogou-a com os olhos.

– Para casar!

– Casar! exclamou Guiomar sem compreender a intenção da mensageira.

– Nada menos, respondeu esta. Admira-se, não? Também eu; e sua madrinha igualmente. Mas há quem tenha o mau gosto de apaixonar-se por seus belos olhos, e a afronta de a vir pedir, como se se pedissem as estrelas do céu...

Guiomar compreendeu de que se tratava. Olhou desdenhosamente para a inglesa, e disse em tom seco e breve:

– Mas, conclua, Mrs. Oswald.

– A senhora baronesa manda chamá-la.

Guiomar dispôs-se a ir ter com a madrinha; Mrs. Oswald fê-la parar um instante, e com a mais melíflua voz que possuía na escala da garganta, disse:

– Toda a felicidade desta casa está em suas mãos.

CAPÍTULO XVIII

A ESCOLA

Mrs. Oswald tinha falado demais. A baronesa não a incumbira de dizer à afilhada a razão por que a mandava chamar. Aconteceu, porém, que aquela indiscrição não foi a única. Mrs. Oswald, em vez de esquivar-se e deixar que entre Guiomar e a baronesa fosse tratado o assunto que as ia reunir, cedeu à curiosidade, e acompanhou a moça.

A baronesa estava sentada, entre duas janelas, com a carta aberta nas mãos, tão atenta em relê-la, que não ouviu o rumor dos pés de Guiomar e de Mrs. Oswald.

– Madrinha chamou-me? perguntou Guiomar parando em frente dela. A baronesa ergueu a cabeça.

– Ah! É verdade; sim; chamei-te. Senta-te aqui.

Guiomar arrastou a cadeira que ficava mais próxima e sentou-se ao pé da baronesa. Esta, entretanto, havia dobrado lentamente a carta, e tinha os olhos no chão, como a procurar por onde começaria. Quando os levantou deu com a inglesa. Ia já a falar, mas estacou. A afeição que lhe tinha não impediu que achasse demasiada familiaridade a presença de Mrs. Oswald em semelhante ocasião. Esperou alguns instantes; mas como a inglesa parecesse inteiramente distraída:

– Mrs. Oswald, disse a baronesa, vá ver se já deram de comer aos passarinhos.

A inglesa percebeu que estes passarinhos, naquele caso, eram uma pura metáfora, e que a baronesa nada mais fazia do que pedir-lhe delicadamente que se fosse embora. Todavia, não se deu por achada.

– Parece-me que não, disse ela; vou já saber disso.

– Olhe, disse a baronesa quando ela já ia a meio caminho; encoste-me essas portas, e dê ordem para que ninguém nos interrompa.

A inglesa obedeceu e saiu. A careta que fez ao sair ninguém lhe pôde ver, e não se perdeu nada.

As duas ficaram sós.

— Senta-te aqui, Guiomar, disse a baronesa indicando um banquinho que lhe ficava aos pés.

Guiomar deixou a cadeira e foi sentar-se no banquinho, pousando amorosamente os braços nos joelhos da madrinha. Esta cingiu-lhe a cabeça com as mãos, e assim esteve longo tempo sem falar, mas eloquente naquela mudez, em que a palavra pertencia ao coração. Ambas estavam comovidas; e Guiomar, de envolta com um suspiro, murmurou este único e doce nome:

— Mamãe!

Era a primeira vez que ela lhe dava este nome, e tão fundo lhe calou na alma à baronesa que a resposta foi cobri-la de beijos.

— Sim, tua mãe, disse a madrinha; a que te deu o ser não te amaria mais do que eu. Tens a alma e a ternura da filha que o céu me levou, e se todas as mães que perdem filhos pudessem substituí-los do mesmo modo, desaparecia do mundo a maior e mais cruel dor que há nele...

A resposta de Guiomar foi apertar-lhe as mãos e beijar-las. Seguiu-se uma pausa, em que a comoção a pouco e pouco desapareceu, e a baronesa olhou para a carta de Luiz Alves, amarrotada pelo gesto de Guiomar.

— Guiomar, disse ela enfim, já refletiste no pedido de ontem à noite?

A moça esperava que a madrinha lhe falasse no pedido de Luiz Alves; a pergunta da baronesa desnorteou-a um pouco. Sua inteligência, porém, era clara e sagaz; a resposta foi outra pergunta:

— Uma noite será bastante para decidir de todo o resto da vida? disse ela sorrindo.

— Tens razão, minha filha; mas a pergunta era natural da parte de quem quer ver realizado um desejo. Jorge pediu-te em casamento. Sabes que é um excelente caráter?

— Excelente, respondeu a moça.

— Uma boa alma, continuou a baronesa, e um moço distinto. Parece gostar muito de ti, segundo disse ontem, não? É natural; só me admira que não te amem muitos mais.

A baronesa parou; Guiomar brincava com as franjas da manga sem se atrever a levantar os olhos.

— Deves saber, continuou a baronesa — que eu estimaria ver que este casamento se efetuasse; estou convencida de que te faria feliz, e a ele também, pelo menos tanto quanto é possível julgar das coisas presentes... Que diz o teu coração?

E como Guiomar não respondesse logo:

– Ah! esquecia-me do que me disseste há pouco. Uma noite não é bastante para decidir de todo o resto da vida. Bem; ouvir-me-ás mais duas coisas. A primeira é que... Lê tu mesma esta carta.

A baronesa deu a carta a Guiomar, que a abriu e leu o pedido que Luiz Alves fazia de sua mão. Enquanto ela percorria com os olhos as poucas linhas escritas, a madrinha parecia observá-la fixamente, como a tentar ler-lhe no rosto a impressão que o pedido lhe fazia, se espanto, se satisfação. Não houve espanto nem satisfação aparente; Guiomar leu a carta e entregou-a à madrinha.

– Leste? É a primeira coisa que eu queria dizer-te. O Dr. Luiz Alves pede-te em casamento; tens de escolher entre ele e Jorge. A segunda coisa é que dos dois pretendentes Jorge é o que meu coração prefere; mas não sou eu que me caso, és tu; escolhe com plena liberdade aquele que te falar ao coração.

Guiomar erigiu o busto e olhou diretamente para a madrinha, com tais sinais de espanto no rosto, que esta não pôde deixar de lhe perguntar:

– Que tens?

A moça não respondeu; quero dizer não lhe respondeu com os lábios; travou-lhe da mão e apertou-a entre as suas, e ficou a olhar para ela como a refletir. A expressão de seu rosto passara do espanto à satisfação e desta a uma coisa que parecia a um tempo indignação e asco.

Oh! madrinha! exclamou Guiomar, por que se não entenderam logo os nossos corações? Não havia mister pôr de permeio um espírito importuno e desconsolador. Se eu adivinhara essas palavras que acabou de dizer, não teria padecido metade do que me fazem padecer há longos dias...

– Padecer?

– Padecer; nada menos. Mas deixemos isso. Foi o seu coração que falou e o meu que ouviu; posso agora dizer-lhe francamente o que sinto, sem receio de a afligir.

Não precisava dizer mais nada; a escolha que ela ia fazer estava já indicada pelo menos. Entendeu-o a baronesa, que fechou o rosto e suspirou. A afilhada ouviu-lhe o suspiro, e percebeu a tristeza súbita; arrependeu-se de ter ido tão longe.

– Percebo, respondeu a baronesa, queres dizer que dos dois pretendentes escolhes o Dr. Luiz Alves?

A moça conservou-se calada; a madrinha olhava para ela com uma expressão de ansiedade que a afligiu.

— Fala, repetiu a baronesa.

— Escolho... o Sr. Jorge, suspirou Guiomar depois de alguns instantes. A baronesa estremeceu.

— Falas sério? Não creio; não e esse o sentimento do teu coração. Vê-se que não é. Queres iludir-me e a ti também. Percebo que o não amas; não o amaste nunca. Mas amas ao outro, não é? Que tem isso? Não me dá o prazer que eu teria se... Que importa, se fores feliz? A tua felicidade está acima das minhas preferências. Era um sonho meu; desejava-o com todas as forças; faria o que pudesse para alcançá-lo; mas não se violenta o coração — um coração, sobretudo, como o teu! Escolhes o outro? Pois casarás com ele.

Vê o leitor que a palavra esperada, a palavra que a moça sentia vir-lhe do coração aos lábios e querer rompê-los, não foi ela quem a proferiu, foi a madrinha; e se leu atento o que precede verá que era isso mesmo o que ela desejava. Mas por que o nome de Jorge lhe roçou os lábios? A moça não queria iludir a baronesa, mas traduzir-lhe infielmente a voz de seu coração, para que a madrinha conferisse, por si mesma, a tradução com o original. Havia nisto um pouco de meio indireto, de tática, de afetação, estou quase a dizer de hipocrisia, se não tomassem à má parte o vocábulo. Havia, mas isto mesmo lhes dirá que esta Guiomar, sem perder as excelências de seu coração, era do barro comum de que Deus fez a nossa pouco sincera humanidade; e lhes dirá também que, apesar de seus verdes anos, ela compreendia já que as aparências de um sacrifício valem mais, muita vez, do que o próprio sacrifício.

A baronesa acabara de falar. A alegria do rosto de Guiomar confirmou a sua primeira impressão, e se a escolha era contrária ao que ela desejava, a satisfação da afilhada pagou-lhe tudo quanto ela ia perder. Era assim aquela alma de mãe; boa, dedicada e generosa.

— Oh! madrinha! Obrigada! exclamou a moça. Não me fica odiando?

— Oh! exclamou a baronesa com um tom de repreensão.

E puxou-a para si, e abraçou-a com amor. Guiomar correspondeu ao movimento, e as duas confundiram as suas alegrias íntimas e afeições sinceras.

Mrs. Oswald viu-as daí a pouco, risonhas e entendidas. Era fácil concluir qual dos dois pretendentes vencera; Guiomar não receberia de tão boa cara o sobrinho da baronesa. Tudo estava acabado; e talvez que a sua própria pessoa padecera naquele lance último. A baronesa pedira a Guiomar que lhe explicasse a que padecimentos aludira, mas a moça preferiu não dizer nada, não só por não afligir a madrinha, como por não dar um aspecto de rivalidade à situação entre ela e Mrs. Oswald.

A escolha estava feita, o consentimento dado. A baronesa respondeu nessa mesma tarde ao pretendente feliz. Estêvão teria manifestado ruidosamente toda a alegria que semelhante resposta lhe causara; sua alma apaixonada e exuberante contaria a Deus e aos homens aquela imensa fortuna. Luiz Alves encerrou o prazer, aliás grande, dentro de si; pensou na moça e no futuro alguns instantes, mas não falou deles a ninguém.

A baronesa escreveu nesse mesmo dia ao sobrinho, comunicando-lhe a resposta de Guiomar. Os leitores não terão dificuldade de admitir que o coração de Jorge não sentiu o golpe profundamente, mas sentiu alguma coisa. Não foi nessa noite à casa da tia; não foi também na segunda; na terceira chegou a descer as escadas; na quarta embicou para Botafogo.

– Tudo está acabado, disse-lhe a tia verdadeiramente sentida.

– Acabado! suspirou Jorge.

– Agora, é preciso ânimo; espero que serás homem.

– Oh! serei homem! suspirou outra vez Jorge.

E dois suspiros, arrancados do peito de um homem tão grave, deviam ser por força dois suspiros gravíssimos, como facilmente acredita o leitor.

Efetivamente a fisionomia do moço não tinha abatimento nem aflição; não a amarrotava o menor vestígio de noite maldormida, menos ainda de lágrimas enxutas. Alegre não era, mas grave e austera, como ele a trazia sempre, a contrastar com o retesado do bigode.

A baronesa imaginou, contudo, que a dor do sobrinho devia tê-lo mortificado muito; apertou-lhe as mãos com ternura e disse-lhe ainda algumas palavras de animação.

Imagine-se o que seria o primeiro encontro de Jorge com Guiomar. A moça estava serena, talvez risonha e até compassiva. Se tivesse de casar com ele odiara-o decerto; agora já lhe perdoava o amor. Jorge pela sua parte não deixou de ficar um tanto abalado, em parte comoção, em parte constrangimento, sendo, porém, o constrangimento maior do que a comoção. Nos lábios pairou-lhe um desses sorrisos em que o olhar penetrante do povo ou a sua imaginação pitoresca descobriu a cor amarela. Se outro fosse o aspecto, é provável que ela lhe conservasse, ao menos, o respeito. Mas aquele sorriso perdeu-o de todo no ânimo de Guiomar.

Na primeira ocasião que se lhe ofereceu, expandiu-se Jorge com Mrs. Oswald.

– Perdeu-se tudo... murmurou ele. A inglesa não respondeu.

Jorge continuou ainda a falar, e a inglesa a ouvir, mas a ouvir só, e a querer diverti-lo daquele assunto.

– Tudo se perdeu, disse enfim o sobrinho da baronesa, talvez por culpa sua.

– Minha? perguntou Mrs. Oswald.

– Sua.

– Mas...

Jorge hesitou um instante.

-Não mostrou calor suficiente, disse ele enfim.

-Que quer? disse Mrs. Oswald. O coração não se pode dominar, nem há meio de impor-lhe um sentimento. D. Guiomar é uma santa criatura, ama deveras ao seu rival; há nada mais justo do que casá-los?

– De maneira que...

– De maneira que tudo era lícito fazer na suposição de que ela não amava a outro, mas uma vez que ama...

Luiz Alves, na noite do dia em que recebeu a carta, foi à casa da baronesa, que o recebeu com o melhor de seus sorrisos. A felicidade de Guiomar fazia-a completamente feliz; nem iras, nem ressentimentos, como anunciara Mrs. Oswald. Todo o castelo de cartas caíra por terra, desde que a sinceridade da baronesa interveio.

CAPÍTULO XIX

CONCLUSÃO

Marcado o casamento para dois meses depois, todo o tempo de intervalo foi despendido pelos noivos naquele deleitoso viver, que já não é o colóquio furtivo do simples namoro, nem é ainda a intimidade conjugal, mas um estado intermédio e consentido, em que os corações podem entornar-se livremente um no outro. Aqueles não tinham nada do amor extático e romanesco de Estêvão, mas amavam sinceramente, ela ainda mais do que ele, e tão feliz um como outro.

A gente que os conhecia comentou de todos os modos e feitios aquele caso inesperado, e a mais de um roeu a inveja do favor com que o céu tratara a Luiz Alves. A gentileza e a elegância da moça não encontravam objeção no espírito de ninguém; todos as confessavam e aplaudiam – porque até o silêncio mortificado de algumas belezas rivais, se porventura as havia, era também aplauso e do melhor. Quanto ao caráter de Guiomar, divergiam muito as apreciações; e um dia, em que Luiz Alves lhe contava uns trechos de conversa ouvidos a furto, e de que era objeto a noiva, ela pareceu refletir longo tempo, e enfim respondeu:

– Não admira que haja tanta opinião diferente; é natural, porque nunca vulgarizei o meu espírito. Entretanto, a opinião dos outros importa-me pouco; eu quisera saber a sua.

– A minha é que é um anjo.

Guiomar fez um gesto gracioso de enfado, como quem não esperava aquele cumprimento velho e comum, aliás eternamente, novo – porque não há outro mais pronto e mais belo nas nossas línguas cristãs. O noivo sorriu, mas nada lhe disse, e, todavia, podia dizer-lhe alguma coisa – aquilo, pelo menos, que o leitor lhe ouviu num dos capítulos anteriores.

– Se não sabe o que sou, – continuou Guiomar, – eu mesma o direi, para que se não case comigo assim de emboscada, e não lhe aconteça unir-se a um demônio, supondo que é um anjo.

– Um demônio! exclamou Luiz Alves rindo.

– Nem mais nem menos, retrucou ela rindo também. Saiba, pois, que sou muito senhora da minha vontade, mas pouco amiga de a exprimir; quero que me adivinhem e obedeçam; sou também um pouco altiva, às vezes caprichosa, e por cima de tudo isto tenho um coração exigente. Veja se é possível encontrar tanto defeito junto.

Luiz Alves respondeu que eram tudo qualidades excelentes, e esteve quase a dizer que lhe faltava mencionar ainda outra, que era a fundamental de todas; preferiu aludir a ela depois do casamento.

O casamento efetuou-se, no dia marcado, com as solenidades do estilo. A manhã daquele dia trajava um manto de neblina cerrada, que o nosso inverno lhe pôs aos ombros, como para resguardá-la do rigor benigno da temperatura, manto que ela sacudiu dali a nada, a fim de se mostrar qual era, uma deliciosa e fresca manhã fluminense. Não tardou que o sol batesse de chapa nas águas tranquilas e azuis, e nessas colinas onde o verde natural ia alternado com a alvura das habitações humanas. Vento nenhum; apenas uma aragem, branda e fresca, que parecia o último respirar da noite já remota, e que só a trechos agitava as folhas do arvoredo.

A chácara naquele dia era a mesma que nos outros, mas Guiomar achou-lhe um aspecto novo e melhor, uma como expansão divina que animava as coisas em redor dela. Toda alma feliz é panteísta; parece-lhe que Deus lhe sorri de dentro da flor que desabrocha, do fundo da água que serpeia murmurando, e até de envolta com o cipó humilde e rústico, ou no seixo bronco e desprezado do chão. Era assim a alma de Guiomar naquela manhã. Nunca as árvores, as flores, a grama rasteira lhe pareceram mais vicejantes; o sentimento interno hauria aquela vida exterior, do mesmo modo que o pulmão bebia o puro ar matinal.

De envolta com essas sensações comuns a toda a alma, havia ainda as que eram dela – dela, que via ali o seu último sol de moça solteira e contemplava por antecipação a aurora nova, o dia longo e feliz de suas férvidas ambições. Neste ponto despia a sua fantasia as asas de folha agreste, com que andara a pairar no meio daquela vegetação, para envergar outras de seda e brocado, e voar sabe Deus a que sítios de grandeza humana.

O acaso quis que naquela manhã vestisse o mesmo roupão com que Estêvão a vira do outro lado da cerca, e trouxesse no colo e nos pulsos o mesmo broche e os mesmos botões de safira. Não tinha o livro; mas, em falta desta circunstância, havia outra, que era a mesma daquela célebre manhã, havia uns olhos que do outro lado da cerca a espreitavam namorados. Não eram, porém, os mesmos; eram os do noivo, com quem ela foi encontrar os seus; – e o mais doloroso de tudo é que nem a cerca, nem os demais acessórios, nada lhe lembrou o outro homem que morria por ela. A felicidade é isto mesmo; raro lhe sobra memória para as dores alheias.

Não menos alegre do que ela parecia a baronesa naquele dia. De longe em longe surgia-lhe na memória a ideia do sobrinho, mas já não havia tristeza de não ter efetuado o casamento, como desejara; tão leve foi o golpe em Jorge e tão indiferente andava ele, que a boa senhora compreendeu que o amor, se existira, não era grande, e sobretudo não perdurou; a ideia de que isto mesmo podia acontecer-lhe ao cabo de seis semanas de casado, fê-la dar graças a Deus do nenhum êxito de seus planos.

Mrs. Oswald igualmente se mostrava feliz – talvez ainda mais, porque era-o aparatosamente, como se quisesse resgatar as passadas culpas. Guiomar entendia a intenção latente das manifestações ruidosas com que ela andava a felicitá-la e a bajulá-la; mas o dia não era de rancores nem de ressentimentos, e ela recebia sorrindo as cortesanices da inglesa.

O casamento fez-se, enfim. As lágrimas que a baronesa derramou, quando viu Guiomar ligada para sempre, foram as mais belas joias que lhe podia dar. Nenhuma mãe as verteu mais sinceras; e, seja dito em honra de Guiomar, nenhuma filha as recebeu mais dentro do coração.

Na noite do casamento, quem olhasse para o lado do mar, veria pouco distante dos grupos de curiosos, atraídos pela festa de uma casa grande e rica, um vulto de homem sentado sobre uma lájea que acaso topara ali. Quem está afeito a ler romances, e leu esta narrativa desde o começo, supõe logo que esse homem podia ser Estêvão. Era ele. Talvez o leitor, em lance idêntico, fosse refugiar-se em sítio tão remoto, que mal pudesse acompanhá-lo a lembrança do passado. A alma de Estêvão sentiu uma necessidade cruel e singular, o gosto de revolver o ferro na ferida, uma coisa a que chamaremos – voluptuosidade da dor, em falta de melhor denominação. E foi para ali, contemplar com os indiferentes e ociosos aquela casa onde reinava o gozo e a vida, e naquela hora que lhe afundava o passado e o futuro de que vivera. Não o retinha a constância do estoico; pela face emagrecida e pálida lhe corriam as lágrimas derradeiras, e o coração, colhendo as forças que lhe restavam, batia-lhe forte na arca do peito.

Defronte dele refulgia de todas as suas luzes a mansão afortunada; detrás batia a onda lenta e melancólica, e via-se o fundo da enseada, escuro e triste. Esta disposição do lugar servia ao plano que ele concebera, e era nada menos do que matar-se ali mesmo, quando já não pudesse sofrer a dor, espécie de vingança última que queria tomar dos que o faziam padecer tanto, complicando-lhes a felicidade com um remorso.

Mas este plano não podia realizar-se, pela razão de que era mais um devaneio, que se lhe dissipou como os outros. A frouxidão do ânimo negou-lhe essa última ambição. Seus olhos podiam fitar a morte, como podiam encarar a fortuna; mas faltavam-lhe os meios de caminhar a ela. Esteve ali, pois, até o fim; e em vez de mergulhar na água e no nada, como delineara, regressou tristemente para casa, trôpego como um ébrio, deixando ali a sua mocidade toda, porque a que levava era uma coisa descolorida e seca, estéril e morta. Os anos passaram depois, e à medida que vinham, ia-se Estêvão afundando no mar vasto e escuro da multidão anônima. Seu nome, que não passara da lembrança dos amigos, aí mesmo morreu, quando a fortuna o distanciou deles. Se ele ainda vegeta em algum recanto da capital, ou se acabou em alguma vila do interior, ignora-se.

O destino não devia mentir nem mentiu à ambição de Luiz Alves. Guiomar acertara; era aquele o homem forte. Um mês depois de casados, como eles estivessem a conversar do que conversam os recém-casados, que é de si mesmos, e a relembrar a curta campanha do namoro, Guiomar confessou ao marido que naquela ocasião lhe conhecera todo o poder da sua vontade.

— Vi que você era homem resoluto, disse a moça a Luiz Alves, que, assentado, a escutava.

— Resoluto e ambicioso, ampliou Luiz Alves sorrindo; você deve ter percebido que sou uma e outra coisa.

— A ambição não é defeito.

— Pelo contrário, é virtude; eu sinto que a tenho, e que hei de fazê-la vingar. Não me fio só na mocidade e na força moral; fio-me também em você, que há de ser para mim uma força nova.

— Oh! Sim! exclamou Guiomar.

E com um modo gracioso continuou:

— Mas que me dá você em paga? Um lugar na câmara? Uma pasta de ministro?

— O lustre do meu nome, respondeu ele.

Guiomar, que estava de pé defronte dele, com as mãos presas nas suas, deixou-se cair lentamente sobre os joelhos do marido, e entre séria e risonha lhe perguntou:

– Morreirei condessa, não é?

Luiz Alves sorriu satisfeito, e as duas ambições trocaram o ósculo fraternal. Ajustavam-se ambas, como se aquela luva tivesse sido feita para aquela mão.

AUTOR

Joaquim Maria Machado de Assis nasceu no Morro do Livramento, Rio de Janeiro, em 21 de junho de 1839. Neto de escravos alforriados, ele era pobre, gago e epilético. Perdeu o pai e a mãe ainda muito jovem e pouco frequentou a escola, pois precisava ajudar no sustento da família. Sua instrução se deu por conta própria. Aprendeu latim ajudando na igreja, francês na padaria e, graças ao grande interesse pela leitura e notável inteligência, conseguiu se inserir na elite intelectual da época.

Aos 16 anos Machado já publicava poemas. Escreveu em praticamente todos os gêneros literários e alcançou prestígio artístico, embora sua vida intelectual tenha sido garantida pelo trabalho no funcionalismo. Ocupou o cargo de primeiro oficial da Secretaria de Estado do Ministério da Agricultura, Comércio e Obras Públicas e chegou a diretor geral do Ministério da Aviação, carreira que lhe deu estabilidade financeira para poder se dedicar aos textos que revolucionaram em termos de estilo e conteúdo a literatura nacional.

Em 1897, o escritor fundou a Academia Brasileira de Letras, ocupando a cadeira de número 23. Amigo de José de Alencar, que morrera cerca de 20 anos antes da fundação da ABL, o escolheu para patrono, deixando claro o respeito que nutria pelo autor.

Machado de Assis foi casado durante 35 anos com a portuguesa Carolina Augusta Xavier de Novais, a quem ele se referia como sua alma gêmea. Foi ela quem apresentou ao escritor os grandes autores portugueses e ingleses e há relatos de que Carolina o ajudava nas obras, revisando textos e até dando palpites. Não tiveram filhos. Quando ela morreu, em 1904, Machado entrou em profunda depressão. Quatro anos depois, em 29 de setembro de 1908, veio a falecer no Rio de Janeiro.